TÖDLICHE TATEN

Monika Buttler

TÖDLICHE TATEN

Mehr Kriminalgeschichten de luxe

elbaol verlag hamburg

Rechte für diese Ausgabe:
elbaol verlag hamburg
Jungfernstieg 10, 25704 Meldorf
www.elbaol-verlag-hamburg.de

Coverdesign: Ellen Balsewitsch-Oldach

Publikation, Druck, Fertigung und Distribution:
tredition GmbH, Heinz-Beusen-Stieg 5,
22926 Ahrensburg, Deutschland –
im Auftrag des elbaol verlag hamburg und der
Autorin (zu erreichen über den Verlag)

ISBN 978-3-384-31741-4
EUR 14,00

INHALT
Mehr Kriminalgeschichten de luxe

Verbotene Lust *(Volkertshausen)* – 7

Schatten im Sand *(Sylt)* – 23

Eine seltsame Begegnung *(Neustadt)* – 35

Fünf Sterne und ein Mord *(Heiligendamm)* – 46

Geh nicht auf die Externsteine!
(Westfalen-Lippe) – 58

Der Liebesdienst *(Hamburg)* – 78

Rotwein-Kur mit Folgen *(Badenweiler)* – 97

Schweres Gepäck *(Sylt)* – 110

Die Dame in Weiß *(Aurich)* – 119

Der Besuch des alten Herrn *(Zwickau)* – 131

Aufbruch in den Tod *(Binz/Rügen)* – 145

Eine Nacht in Nizza *(Côte d'Azur)* – 157

Mit fremden Federn *(Hamburg)* – 170

Eine schöne Bescherung *(Travemünde)* – 183

Über die Autorin – 194

VERBOTENE LUST
Volkertshausen

Nein, sie würde das nicht unterschreiben. *Wer bürgt, wird erwürgt.* Und wenn er sie zwang? Aber wie denn? Sie müsste schon tot sein, damit ihr Mann sich noch retten könnte. IT-Branche. Als wenn das ein Selbstläufer wäre.

In ihrem Zimmer, im Gästehaus des Samariterwerkes zu Volkertshausen, schaut Caren Rickmers sich um. Sie wartet, ob sie fremdelt, wartet auf die Hotel-Depression, die sie wie immer aus dem Takt werfen wird. Aber sie hat Glück. Helle, warm getönte Holzmöbel, Teppiche und Wäsche in frischem Apfelgrün. Softeis für die Seele, denkt sie, und kichert leise. Denn süße Tröster sind hier tabu. Zwei Wochen „Heilfasten" im katholischen Samariterwerk. Heilerfolge seit 75 Jahren!

Ihr Fett – für jedes Hasswort ihres Mannes hat sie ein Törtchen gebraucht –, ihr Speckgürtel würde dahinschmelzen. Sie würde leichter und leichter werden, erst am Leib, dann an der Seele, flügelleicht wie ein Engel und energievoll wie – der Teufel! Caren, unterbricht sie sich selbst, du bist in einem Christenhaus.

Sie öffnet die Balkontür. Vor ihr, im sommerlichen Abendlicht, strecken sich Wiesen und Äcker hin. Kein Wind, nur Wärme streift ihre Haut. Wirklich

angenehm. Ausgeglichenes Bodensee-Klima, memoriert sie den Prospekt. Über allem scheint glockengleich ein Friede zu schweben. Menschen, die ohne Hektik in ihren Gärtchen und am „Häusle" werkeln, der Singsang ihres „Schwätzens", der sie heiter umhüllt und dessen Sinn sie nie ganz versteht ...
Sie zupft ihre Sachen aus dem Koffer. Ein pinkfarbener Jogging-Anzug, perfekt zu ihrem blond gesträhnten Haar, Tops in Türkis, die Träger nur ein Hauch. Sie würde wieder attraktiv werden, mit 55 noch einmal durchstarten. Erotik ... Wie war das noch? Wie ging das noch? Einst hat sie ihren Mann bewundert, hat wohlig geblüht im Schatten seiner Stärke. Jetzt hat sie Angst vor ihm. „Gut, eine letzte Frist!", hat Herbert mehr gebrüllt als gesprochen, „dann hau doch ab, fahr zu diesen Saft-Heinis und Dinkelfressern. Muss mir mein Steak ja sowieso immer selbst machen. Aber danach unterschreibst du!"

Im Leinen-Look steigt Caren die Treppe hinab. Der Essraum, in dem es nichts zu essen gibt, liegt lang und schmal im Erdgeschoss. Tischdecken, stellt sie erleichtert fest. Windsor-Stühle, ein Stück Teppichwiese. Durch panoramabreite Fenster blickt Natur herein. Die Bedienung, die nichts zu bedienen hat, nennt sich Larissa und geht zu einem Tisch voraus. Drei Augenpaare, offenbar ausgehungert vom Essens- wie vom Klatschmangel, sehen ihr erwartungsfroh entgegen.

„Wir haben extra noch nicht angefangen." Die Worte gehören zu Männeraugen, kühle Kiesel in einem Bronzegesicht, sie schätzen mich ab, denkt Caren, und sie machen mich an, beides in einem Blick.

Sie betrachtet den Tisch. Vier runde Gläser, grün gefüllt, jedes deckt eine grüne Serviette ab. Das Abendbrot.

„Danke, das ist sehr nett. – Ich bin Caren Rickmers."

„Andy Augustin." Der Bronzebraune beugt sich vor. Andy ... klingt etwas neckisch für diesen zerklüfteten Mittfünfziger. Ob das Ganze ein Falschname ist?

„Thea Nüttgens. Herzlich willkommen!" Ein babyrunder Arm schießt ihr entgegen. Die Frau füllt ein lila Zeltkleid aus, die sorglos blondierten Haare sind mit Kleinmädchen-Spangen hochgesteckt. Eine fröhliche Fasterin, auch sie im Spätherbst des Lebens.

„Grüß Gott." Abweisend murmelt es aus einem Rauschebart über dunkelgrauer Kapuzenkutte. Der Mann kann glatt als Imitation durchgehen. Von Otto Kaiser, dem Pfarrer, der das Samariterwerk gegründet hat. Im Treppenhaus grüßt sein Bildnis gütig die Besucher. Der Finsteräugige neben ihr sieht gar nicht gütig aus. Eher wie Rasputin.

„Das ist Pater Gebhard", ergänzt die Blondierte.

„Dann gut Saft!" Andy Augustin hebt sein Glas, senkt hypnotisch den Blick in Carens Augen.

„Kiwi. Nicht schlecht." Sie überlegt, wie sich in einer Fastenrunde Konversation machen lässt.

Schließlich kann man bei Tisch nicht über gelungene oder misslungene Darmentleerung sprechen. „Fühlen Sie sich schon besser?"

„Aber ja! In zwei Tagen habe ich sechs Pfund abgenommen!" Die Dicke presst ihr Zelt zusammen und dreht ihre taillenlose Figur zwischen Caren und dem Bronzehäutigen hin und her.

„Das Fleisch ist der Kerker der Seele", bemerkt der Pater düster.

Ein saurer Gestank liegt in der Luft. Unwillkürlich kneift Caren die Nase zusammen.

„Ja, wir stinken. Müffel, Müffel wie die Büffel", gickelt die Nüttgens. „Nur unser Herr Andy riecht nicht. Der isst vielleicht doch etwas – heimlich auf seinem Zimmer."

„Aber nein, was denken Sie von mir!"

Die Dicke zwinkert Caren zu. „Sie müssen ihn um ein Autogramm bitten!"

„Um ein Autogramm?"

„Ja, kennen Sie ihn denn nicht? Andy Augustin, der Star von ‚Einsatz Silbermöwe'."

„Nur eine Vorabend-Serie." Der verblühte Schauspieler winkt ebenso stolz wie bescheiden ab.

„Oh, so früh gucke ich noch nicht. Darf ich fragen, was Sie spielen?"

„Ausnahmslos Mörder, liebe Frau Rickmers. Leider werde ich immer nur nach Typ besetzt."

Caren stimmt in das Gelächter ein. Der Einzige, der nicht mitlacht, ist Pater Gebhard.

Das Saftmahl konnte zeitlich nicht weiter gedehnt werden. Caren liegt im apfelgrünen Bettzeug und liest die Stoiker. Die richtige geistige Unterstützung, um Herbert nach der Rückkehr gestählt gegenüber zu treten.
Endlich 19 Uhr. Treffpunkt Konferenzraum. „Nein, heute keine Videos über Erleuchtung und Entsäuerung", hat Thea Nüttgens bestimmt. „Ich lege euch die Tarot-Karten."
Rund ein Dutzend Heilfaster, mehr Damen als Herren, überwiegend in Senioren-Beige, drängen bereits um den Holztisch. Alle wollen wissen, was Caren Rickmers, die Neue, zu erwarten hat. Nur der freudlose Pater sitzt abseits und beugt sich über eine Bibel.
Mit ihren gepolsterten Händchen, die Nägel lila lackiert, mischt Thea Nüttgens die Karten. „Frau Rickmers – bitte eine Karte ziehen und unbesehen beiseite legen. Das ist Ihre ganz ganz entscheidende Personenkarte."
Die Dicke fächert hin. „Vergangenheit: Eine Burg des Vertrauens, die langsam zerbröckelt ... Jetzige Situation: Täuschungen und Gaukeleien, am Ende Triumph ..."
Caren lacht auf. Wie amüsant! Und wie wahr!

„Und nun die Personenkarte umdrehen", weist Thea Nüttgens sie an. Als Caren das Motiv erkennt, macht ihr Herzschlag eine unschöne Pause. DER TOD – eine bäuerliche Gestalt mit Sichel in der Hand.
„Wie scheußlich!" Da hört das Spiel aber auf. Zudem muss sie feststellen, wie Frau Nüttgens' anthroposophische Ohrringe bedenklich wackeln und ihr schlecht verfugtes Make-up eine zunehmende Blässe offenbart.
Caren braucht Luft. Instinktiv fasst sie sich an den Hals und läuft zur Tür.
„Das ist doch nur symbolisch gemeint", kreischt ihr die Nüttgens hinterher. „Stirb und werde. Fruchtbares, Neues beginnt, große Chancen tun sich auf ..."
Aber Caren ist schon draußen. Während sie betont durchatmet, fühlt sie, wie sich ein Arm um sie legt.
„Dieser esoterische Quatsch", empört sich Andy Augustin. „Kommen Sie, ich zeig' Ihnen das Gelände. Ist das nicht eine wunderschöne Anlage?"
Caren kann nicht viel erkennen. Die Treppen vor ihr, zum Hang hinauf, verschattet bereits die Dämmerung, oben ragt schemenhaft ein Flachbau aus dem Dunkel. Noch immer fühlt sie die fremde Hand an ihrem Arm. Ein Mann an ihrer Seite! Ungebunden und wie sie aus Hamburg. Was für ein Zufall! Nein, Schicksal, korrigiert sie sich. Seine TV-Rollen sind allerdings recht übersichtlich. Na, egal, Geld hat sie selber. Sie könnte sich vorstellen ...

„Vorsicht!" Mit einem Ruck reißt Augustin sie an sich. Gerade noch trifft ihr Blick die steinerne Tiefe eines Schwimmbeckens. „Da ist kein Wasser drin", bemerkt er trocken.

Sie stolpern den Graspfad entlang. „Alles biologischer Anbau", erklärt ihr Begleiter. „Die haben hier ihre eigene Landwirtschaft."

Unter den Folien, die über den Beeten liegen, zeichnen sich geisterhaft Köpfe ab. „Was ist das?"

„Salat." Seine Zähne leuchten sie an.

Als suche sie Halt, schaut sie zur Anhöhe. Dort erhebt sich die Samariterkapelle und hält verlässlich ihr Kreuz in den Nachthimmel. „Ich möchte zurück", sagt sie leise.

Zu unchristlicher Morgenstunde, es ist 7.15 Uhr, fröstelt Caren in der Kirchenkrypta dem Tag entgegen. Die Faster sitzen im Kreis, mehr oder weniger graue Köpfe senken sich zum Gebet. Hier sind wir schon unter der Erde, denkt sie. Sie erschrickt, als ein glucksendes Rollen die Stille durchbricht – ihr Magen meldet sich. Neben ihr schaut lächelnd Augustin auf, berührt kaum merkbar ihre Hand. Endlich geht es an die frische Luft. Aufladeübungen, Arme hoch! Tatsächlich, das bringt Leben in den Leib.

Dann zum Flüssig-Frühstück. In nun schon vertrauter Runde lässt Caren sich von Kräutertee erwärmen. Und vom kaum verhüllten Flirt des Schauspielers, den sie im Stillen schon Andy nennt ... Zur Mittags-

zeit wird es üppig bei Tisch: Gemüsebrühe und
Gemüsesaft.

Caren hat vor Minuten ihr Glas geleert. Plötzlich ein
Schwindel, ein Schwanken im Kopf. Eine Druck-
welle, die immer stärker wird, hoch wächst bis unter
die Schädeldecke. Sie schüttelt sich, kämpft an gegen die Macht, die sie in die Ohnmacht treibt, gleich
wird sie in die Schwärze kippen, sie schreit und
weiß nicht was, fühlt, wie die Stöße ihrer Atmung
immer schneller und heftiger werden.
Danach nichts mehr.

Als sie zu sich kommt, blickt sie in ein freundlich-
besorgtes Männergesicht. Ein weißer Kittel. Ah, ein
Arzt.
„Was ist mit mir?“ Sie richtet sich auf, bemerkt, dass
sie auf einem Sofa liegt.
„Ein Schwächeanfall. Das Fasten war wohl zu viel
für Sie. Haben Sie sich in letzter Zeit erschöpft
gefühlt?“
Erschöpft ... was für eine Untertreibung! Herbert hat
getobt und gedroht, ihr einmal sogar ins Gesicht ge-
schlagen. Ihr Körper stand unter Daueralarm.
„Ja, schon. Deshalb bin ich hierher gefahren.“
„Fasten sollten nur gesunde Menschen. Zum Glück
ist es nichts Gravierendes.“ Der Arzt rollt die Man-
schette des Blutdruckmessers ein. „Wir werden Sie
auf vegetarische Vollkost setzen. Und dann ist nur
noch Erholung angesagt.“

Auf der Hangwiese, auf zwanglos platzierten Liege-stühlen, beten Caren und Thea Nüttgens die Sonne an.

„Ich werde künftig auf Sie aufpassen." Die Patsch-hand der Dicken legt sich auf ihren Unterarm. Eine Dosis Mütterlichkeit, denkt Caren, kann ich jetzt gut gebrauchen. Es ist schon in Ordnung, dass sie der Nüttgens ihr Ehedrama mit Herbert und die Bürg-schaftssache erzählt hat.

„Tut mir leid, dass ich wegen der Karten so hyste-risch war."

„Nun ja, tatsächlich ist Ihre Aura durch eine Gefahr irritiert. Glauben Sie mir: Die Karten lügen nicht."

„Und deshalb bin ich vorhin fast abgekratzt." Caren lacht etwas schrill.

„Liebe Frau Rickmers – liebe Caren –, bitte erschre-cken Sie nicht. Ich möchte Ihnen etwas zeigen."

Thea Nüttgens, quellend im lila Rüschen-Bikini, zieht aus ihrer Strandtasche ein Foto heraus. „Hier."

„Das bin ja ich!" Caren starrt auf ihr Porträt. Auf ih-re irisblauen Strahleaugen. „Wie – woher – "

„Hab' ich bei Andy Augustin auf dem Balkon gefun-den. Der Balkon läuft ja bis zu meinem Zimmer weiter."

Richtig. Caren erinnert sich. Der Verwalter, ein Herr Philipps, hatte sie herumgeführt und bedächtig schmunzelnd erklärt: „Für Ehepaare, die beim Fasten getrennt schlafen wollen. Über den Balkon sind sie trotzdem verbunden."

Das mag ja spaßig sein. Jetzt aber fühlt sie, wie sich an ihren Armen die Härchen aufstellen. „Was bedeutet das?"

„Dass Augustin Sie töten soll. Im Auftrag Ihres Mannes."

„Wie kommen Sie denn auf so etwas? Das ist doch absurd. Nur weil er ein Foto ..."

Thea Nüttgens nickt heftig mit den selbst gebastelten Ohrringen und dämpft ihre Stimme. „Da ist noch etwas Anderes. Auf dem Balkon hab' ich ein Telefongespräch mit angehört. Nein, nein", – theatralisch hebt sie die Händchen –, „nicht, dass ich etwa lauschen wollte ..."

Am Ende des Berichts ist es Caren eiskalt in der Sonne. Nein, hat Augustin zu einem Herbert gesagt, er habe es noch *nicht* getan. So einfach ginge es eben nicht. Ja, im Film, da morde er gut, sogar ausgesprochen wirklichkeitsecht, wie ihm die Kritiker immer wieder bescheinigen würden, aber deshalb könne Herbert noch lange nicht erwarten –

Caren fasst sich an den Magen. „Ich glaube, mir wird schlecht."

„Ja, ganz schön bitter", gibt die Nüttgens zu. „Aber ich sag' Ihnen was: Wir werden ihm einfach zuvorkommen und ihn zur Rede stellen."

Der Plan der Dicken überzeugt sie. Hat sie eine andere Wahl? Zu Hause Herbert, hier dieser Andy. Den Mörder braucht sie sich nur noch auszusuchen. Nein, sie wird nicht aufgeben. Entschlossen steckt sie ihr Foto ein.

Mit einem Monster bei Tisch zu sitzen, ist gar nicht so leicht. Aber sie muss jetzt die Wahrheit wissen. Während die Heilfaster in Schlückchen ihren Saft trinken, widmet sich Caren einer Spargelplatte und einem Selleriesalat. Nur ihr Glas mag sie noch nicht recht anrühren.
„Das gibt Energie!" Thea Nüttgens schenkt Caren einen vieldeutigen Blick.
„Stimmt. Vor allem erotische."
Der Pater zuckt zusammen und faltet erschrocken die Hände, während dem Schauspieler ein „Oh, là, là" entfährt.
„Frau Rickmers und ich gehen nach Mittagsschlaf und Leberwickel in das Freiluft-Solarium." Die Dicke dreht sich mit provozierendem Lächeln zu Augustin. „Sie sind herzlich dazu eingeladen. Um vier Uhr trudeln wir ein."
„Danke, das ist allerdings etwas Besonderes. – Ja, da komme ich gern."
Ist der Kerl nicht etwas rot geworden? Bei leiser Gier in den Kiesel-Augen? Wäre kein Wunder, denkt Caren. Das Häuschen auf der Wiese, ein Quadrat aus Mauern und zum Himmel hin offen, ist ein Tempel

für Nacktbader. Nur die Sonne ist Zeuge von dem, was sich da drinnen tut oder nicht tut.

„Natürlich können Sie dort auch zu zweit hinein", hat Herr Philipps erklärt, wie immer bedächtig schmunzelnd und die große Unschuld im Blick. Man holt sich den Schlüssel, schließt die Holztür zur Hütte auf und selbstverständlich wieder zu. Ein Luftbad in Ehren kann niemand verwehren.

„Ist das nicht eine wunderhübsche Falle?" Im Solarium streckt sich Thea Nüttgens emphatisch der Sonne entgegen.

„Klar." Fragt sich nur, für wen. Caren schaut von einer Mauer zur andern. Gefangen fühlt sie sich. Wie ein Sittich im Käfig. Dabei muss sie doch jetzt den Lockvogel spielen. Genauso wie Thea, mit der sie inzwischen komplizenhaft per Du ist. Deshalb tragen sie – noch – diese blumigen Sommerfähnchen. Zwei mehr oder weniger fette bunte Lockvögel, denkt sie ironisch, die nun auf ihre Beute warten. „Und die Waffe hast du eingesteckt?"

„Ja, natürlich." Thea öffnet bereitwillig ihre Strandtasche.

Hoffentlich sind solche Hupen effektiv. Sonst kommen sie hier lebend nicht mehr raus.

Aber da klopft es schon. Mit der einen Hand in der Tasche schließt Thea die Tür auf. „Du meine Güte, Herr Augustin, was haben Sie denn dabei?"

„Über-ra-schung!" Mit Verschwörermiene, als ginge es um das geheimste Geheimnis auf Erden, stellt der Schauspieler einen Korbkoffer ab.

Auch Caren fasst in ihre Freizeittasche. Eine zweite Waffe, und sei es nur eine Haarspraydose, kann bestimmt nicht schaden.

„Ich dachte an ein Picknick", säuselt Augustin. „So wie auf dem Gemälde von – "

„Edouard Manet!", schreit Thea auf. „Ha! Das könnte Ihnen so passen. Die Dame nackt, und der Herr bleibt schön angezogen."

„Das lässt sich doch jederzeit abwandeln." Augustin lächelt schief und entblößt bereits Zentimeter von Brustpelz.

„Was ist in dem Koffer?" Ich dreh' gleich durch, denkt Caren. Falls ich dazu noch Zeit habe ...

„Fleisch." Der Killer-Kavalier klappt den Deckel hoch, holt ein weißes Tuch hervor und breitet es auf dem Boden aus. Auf Papptellern beginnt er zu arrangieren: Hühnchen, Schinken, Frikadellen, Schnitzel ... In Partybechern sprudelt weißer Wein.

„Denn was verboten ist, das macht uns grade scharf!", ruft Thea entzückt und knöpft schon mal ihr Kleid auf. Caren ist empört. Läuft Thea jetzt zum Feind über?

„Was haben wir doch entbehrt! Bitteschön, Frau Rickmers." Augustin wedelt mit einem Würstchenteller.

„Ich bin Vegetarierin." Carens Stimme hat Gefrierqualität. Mit einem Ruck wirft sie ihr Foto auf die Decke. „Das lag vor Ihrer Balkontür. Wenn Sie als Schauspieler genauso stümperhaft sind wie als Mörder ... Wie Sie sehen, hat Ihr Saftanschlag nicht gewirkt, ich lebe noch."

„Saftanschlag? Was reden Sie denn da! Warum sollte ich Sie wohl vergiften?"

„Zum Gelde drängt, am Gelde hängt doch alles", variiert Thea das Sprichwort und drückt ihm ihr stumpfes Messer in die Brust. „Raus mit der Sprache!"

Ja, der Herbert habe ihn engagiert, gibt Augustin zu. Wie das so sei unter alten Schulfreunden, man vertraue sich. Und helfe sich. Wie einst ihm geholfen worden sei. Herberts drohende Pleite, die Ehefrau will nicht bürgen, wirklich, eine böse Sache. „Exitus!", habe Herbert verlangt und ihm dafür seine letzten 3000 Euro in die Hand gedrückt. Er, als arbeitsloser – äh – pausierender Schauspieler, habe den Vorschuss natürlich angenommen.

„Nur 3000 Euro?", unterbricht Caren. „Mehr bin ich nicht wert?"

„Oh, doch, sehr viel mehr, liebste Caren. Ihr Foto hat mich sofort bezaubert. Nicht eine Sekunde dachte ich daran, Ihren hübschen Körper der Verwesung anheim zu geben. Im Gegenteil, ich wollte Sie unbedingt kennenlernen und eine dauerhafte Verbindung

– " „ – mit meinem Vermögen eingehen. Nein, besten Dank."

Caren taumelt hin und her. Angenehm, dieser Nebel aus Alkohol. Auch das Singen macht Spaß. Laut, lauter und zu dritt.
Da wird donnernd die Tür aufgestoßen. Du liebe Zeit – hat man denn nicht abgeschlossen? Eine dunkelgraue Kutte. Ein schwarzer Wahnsinnsblick. Eine blitzende Sichel.
„Fluch, Fluch, Fluch über euch, Ihr Sklaven der Fleischeslust. Den heiligen Tempel der Sonne und des Herrn zu besudeln. Hinaus mit euch, hinaus, hinaus!"
Caren rafft sich hoch, mit Thea presst sie sich an die Wand. Die Sichel fährt sausend durch die Luft und trifft den flüchtenden Augustin.
Thea setzt die gellende Hupe ein, Caren wirft dem Rasputin die Haarspraydose entgegen. Kurz darauf kommt für Pater Gebhard die Polizei, für Andy Augustin – der Leichenwagen.

„Auf Augustins Zimmer haben wir Fleischvorräte gefunden", erzählt Herr Philipps. „Der Pater hat ihn offenbar beschattet. Was es doch für Verrückte gibt! Und das in unserem friedlichen Volkertshausen. – Besuchen Sie uns denn trotzdem mal wieder, Frau Rickmers?"

„Natürlich." Aber erst wird Caren die Scheidung einreichen. Und dann wird sie hierher zurückkehren, um endlich – abzunehmen.

SCHATTEN IM SAND
Sylt

Wieder und wieder stellte ich mir die Frage: Würde sie mir verzeihen? Ich konnte es mir kaum vorstellen, und eigentlich war es unmöglich. Heiß stieg Scham in mir auf, wenn ich daran dachte, was ich damals, 1933, getan hatte.
Und nun, Jahrzehnte später, bin ich in ihrer Nähe. In Kampen auf Sylt. Nur wenige hundert Meter sind es von meinem Hotel bis zu ihrem mit Reet gedeckten Häuschen am Ortsrand. So nah und doch so weit – für mich, den 84-Jährigen, dem eine Schuld die Schritte lähmt. Mein absehbarer Tod hat mich hierhergeführt. Ich möchte mein Lebenskonto ausgleichen, bevor es dafür zu spät ist. Denn über mir hängt schon das „Noch". Noch drei Monate, dann wird die Krankheit mein Rückgrat zerfressen haben.
In dem kleinen Hotel ist nicht viel los. Hinter den Sprossenfenstern saust der Märzwind, im Frühstücksraum herrscht beklemmende Öde. Ein paar Tische weiter blickt der einzige Gast außer mir in seine Notizen. Weicher schwarzer Filzhut, schreiend roter Schal und eine Kreisbrille – Accessoires für einen Jüngling von Ende dreißig, der den Kreativen gibt.
Ein wahrer Künstler, ein Schauspieler wie ich, der würde sich nie so ausstaffieren. Aber bei mir wirkt so etwas ja ohnehin nicht. Ich war schon damals, mit

knapp vierzig, dicklich und weißlich, der Mehlwurm-Typ mit einem Rest Haar auf dem Schädel. Ich habe mich oft gefragt, warum sie gerade mich zu ihrem Geliebten erwählt hat. Dora Naval, Berlins berühmteste und berüchtigtste Tänzerin. Sie war nicht schön, aber intensiv, das faszinierte mich. Wir konnten so gut miteinander lachen.

In alter Gewohnheit ziehe ich ihr Foto aus der Brieftasche und lege es neben meine Friesentasse. Ja, so sah sie einst aus: klein, gedrungen, die teerschwarzen Haare mehr abgeholzt als abgeschnitten. Darunter Augen wie Kohlestücke. Wir haben uns beim Theater kennen gelernt. Dora Naval – sie hieß ja in Wahrheit Levinsohn – hat in den Zwanzigern den *Grotesktanz* erfunden, und *tout Berlin* strömte ins Kabarett, um sich diese neuartige Skandalnummer anzuschauen. Wie sie in orangefarbenen Pluderhosen, knallblauen Bändern und kalkweiß geschminktem Gesicht das klassische Ballett karikierte; wie sie provozierend in grellen Verrenkungen Dirnen, Kupplerinnen und all die verlorenen Seelen der Straße tanzte. Und sogar den Tod, ergreifend und obszön zugleich.

Der Tod. Der Gedanke an mein eigenes Ende schnürt mir die Brust ein. Aber ich habe eine Mission. Und noch einmal will ich mich schonungslos erinnern.

Meine Dora wurde gefeiert. „Getanzte Zeitsatire“, „fabelhafte Technik“, „unerhört schmissig“, jubelten die Kritiker. Aber bald kamen andere Töne auf. Braun gefärbte wie die Uniformen der SA-Horden.
„Hör dir das an“, sagte ich zu Dora. „Hier steht, die Juden würden alle Rassen verpesten. Dora Naval ‚möge sich in Jerusalem produzieren und ganz dort bleiben.‘ Und hier: ‚undeutsche Entartung‘ ...“
Meine Geliebte winkte ab. „Kunstbanausen. Kleingeistige Spießer.“
„Und wenn du ins Ausland gehst?“
„Aber Kurtchen, ick bin Balinerin.“
Statt ins Ausland fuhren wir nach Sylt. Im Sommer 1933.

Jetzt ist mir kalt. Das Alter lässt mich frieren. Ich nehme das zweite Foto heraus. Vor ein paar Jahren hab ich es aus einer Zeitung geschnitten. Dora mit über achtzig. Da hatte sie gerade einen schrillen Auftritt in einer Talkshow gehabt. Noch immer sieht sie wie ein dunkler Kobold aus, doch das Gesicht ist nun zerknittert. Wie das Papier in meinen Händen. Wieder einmal vertiefe ich mich in ihr Bild. Es reflektiert mein Versagen wie ein Spiegel. Ein Zittern ergreift mich und – ach! – nun ist mir der Ausschnitt zu Boden gefallen.
Der junge Mann mit dem Filzhut ist schneller. Er reicht mir meinen Schatz zurück und bleibt mit seinem Blick an dem Foto hängen.

„Dora Naval! Was für ein Zufall!" Hinter seinen Brillengläsern scheint ein Leuchten auf.

„Sie kennen sie?" Schon bereue ich meine Worte. Ich bin zu alt für Dinge, die mich aus dem Takt bringen.

„Aber ja. Ich bin ihr Biograf."

Ich bemerke Stolz in seinen Augen. Und eine kaum verhohlene voyeuristische Gier.

„Darf ich?" Der Mann fasst nach dem freien Stuhl an meinem Tisch.

„Bitte." Nein, ich schätze keine Verwicklungen. Doch andererseits ... Nun kommt doch Neugier bei mir auf.

„Gabriel Breuer." Der Fremde stellt sich vor. „Ich leite das Tanzarchiv in Bonn."

„Kurt Hahnemann. Aus Berlin." Als Schauspieler scheine ich ihm kein Begriff zu sein. Dabei war ich einmal ein bekannter Komiker. „Und Sie wollen also ein Buch über Dora schreiben."

„Ja, wir sind mittendrin. Ich kenne Dora schon lange."

Wieder dieses Leuchten hinter den Gläsern. Ich versuche, mir seine Beziehung zu Dora vorzustellen.

„Sie sind wohl – na, Muse kann man bei Männern ja schlecht sagen."

„Ich bin ihr Inspirator. – Und Sie?"

„Ich war ihr Geliebter."

Bei meinem Gegenüber schlägt grad eine kleine Bombe ein. Doch der Mann fasst sich schnell. „Ich würde Sie gern ... ein Gespräch mit Ihnen ...“
Der wird ja ganz hektisch. Als wolle er mich gleich am Ärmel packen.
„Nein, nein. Nicht jetzt. Ich muss zu Dora. Ich habe nicht mehr so viel Zeit.“
Nicht mehr so viel Lebenszeit, denke ich.
Mein Tischnachbar springt auf. „Ich begleite Sie.“
„Ich bin entschieden zu langsam für Sie.“
„Da passe ich mich schon an.“
„Also gut, Herr –“
„Breuer.“

Draußen auf der Hauptstraße, die auch so heißt, macht es mir der Wind nicht leicht. Ja, ich trete ihm nur noch gebeugt entgegen und spüre schmerzvoll meine Knochen. Herr Breuer, umhüllt von einem rabenschwarzen Mantel, wirft seinen Schal zurück und bietet mir seinen Arm. Mit ihren tief gezogenen Reetdächern scheinen sich auch die Häuser zu ducken. Würde ich den Weg noch finden? Das einstige Fischerdorf ist längst zum dicht bebauten noblen Badeort geworden. Jetzt bin ich doch froh, dass dieser Archivleiter mich hinführt. Und nun erkenne ich alles wieder. Aber wie klein ist Doras Haus ... eigentlich nur eine Kate.
1931 hat Rudolf Bonnier, ihr Ehemann, das Häuschen für sie gebaut. Und alle, alle kamen. Friedrich

Hollaender, Erich Kleiber, Carola Neher, Hubert von Meyerinck, Herbert Ihering. Musiker, Schauspieler, Theaterkritiker. Unversehens war Doras Ferienoase zum Fixpunkt der Berliner Boheme geworden. Fiebrige Nächte, gewagte Liaisons, Champagner ohne Ende – ich habe es genossen. Bis zu jenem Sommer 33, als Rudolf, Dora und ich in Kampen am Strand lagen ...

Das Anwesen wirkt verlassen. Die seltsame Stille bedrückt mich, während meine Erregung sekündlich steigt. Wie wird Dora reagieren, wenn ich ihr gegenüberstehe? Ich, ein Gespenst der Vergangenheit. Mein Begleiter läutet. Wir warten lange. Nochmaliges Läuten. Die Stille wächst. Und ein dritter langer Klingelton. Nichts.

Doras Jüngling späht durch die Puppenfenster, zuckt ratlos die Achseln. Vor der blau gestrichenen Haustür liegen ein paar Zeitungen. Er sieht sie durch. Die älteste ist vor vier Tagen erschienen.

Wir blicken uns an, und zweifellos denken wir das Gleiche. Etwas Schlimmes muss passiert sein. Vielleicht das Schlimmste.

„Ich hab einen Schlüssel", sagt der Mann.

„Und?" Ich weiß nicht, ob ich das gut oder schlecht finden soll.

„Noch nie benutzt."

„Dann tun Sie es jetzt." Kälte durchschauert mich, und ich will nicht vergebens gekommen sein.

In den beiden Stuben mit den Diwandecken und zerschlissenen Sesselchen ist es so unordentlich, dass ich kurz die Augen schließe. Sie ist nicht da.

„Gehen wir in die Scheune", fordert Breuer mich auf.

In dem Anbau, ich weiß das aus der Zeitung, betreibt Dora seit den 50er Jahren ihren *Lästerschuppen*, ein kleines Lokal, in dem sie ihre Kabarettkunst von einst beschwört. Doch wer interessiert sich für eine zurückgekehrte Emigrantin? Unsere Glanzzeit ist lange vorbei.

Breuer presst seinen Schal vor den Mund. Ein monströser Gestank schlägt uns entgegen, und ich drücke meine Nasenflügel zusammen. Zuerst sehe ich nur die wild bemalten Wände, die Bierfässer-Tische und Flaschen mit klecksenden Kerzen, doch dann ... Sie liegt neben dem Tresen. Teerschwarze Haare stehen borstig vom Kopf. Glieder, verdreht wie in ihrem *Grotesktanz,* der kurze Körper zusammengeschnurrt. Herr Breuer weicht ein paar Schritte zurück, dann flieht er zum Ausgang. Ich folge ihm. Irgendwie fühle ich mich betrogen. Keine Absolution für mich. Wer zu spät kommt, den bestraft der Tod.

Im Wohnraum lässt sich mein Begleiter auf einen Diwan fallen. „Das ist der Supergau. Jetzt kann ich auch mein Buch begraben."

Ich bin zu erschöpft, um darauf zu antworten. „Wir müssen die Polizei rufen", sage ich.

„Ja." Der Mann tippt auf seinem Handy herum.
Nach kurzer Zeit erscheinen zwei Uniformierte, gehen durch zur Scheune und kehren zurück in die Stube. Man befragt uns. Inzwischen ist auch ein Arzt eingetroffen. Er bestätigt den Tod. Ich atme auf, als wir endlich entlassen sind.

Draußen wieder ermüdender Wind. An der Seite des Fremden kämpfe ich mich zurück zum Hotel.
„Was wollten Sie eigentlich von Dora?", fragt er mich, als wir uns in der kleinen Lounge bei einer Tasse Tee erholen.
„Sie um Verzeihung bitten."
Er beugt sich vor. Der wird mich nicht mehr loslassen. „Mögen Sie mir Ihre Geschichte erzählen?"
Der Gedanke gefällt mir. Dieser Gabriel Breuer ist vielleicht ein wenig kühl, aber intellektuell auf der Höhe. Irgendjemand muss mir meine Last abnehmen.
Ich lächle ihn an. „Ja, ich schenke sie Ihnen."

Kampen, Sommer 1933. Rudolf, Dora und ich hocken in Schwimmtrikots vor dem Strandkorb und lassen Sand durch unsere Finger rieseln. Ehemann, Ehefrau und der Geliebte. Nein, kein Eifersuchtsdrama habe ich zu bieten, wir sind in bestem Einvernehmen. Rudolf Bonnier, der schlanke Gelehrte mit dem klugen Kindergesicht, ist Doras Lebensfreund. Immer bereit zu geben und nichts zu verlangen. Er blickt gerade zu einer nahen, mit Hakenkreuz-Fähnchen besteckten Sandburg.

„Dora, gegen dich sind wieder Hetzartikel erschienen." „Ja. Weiß ich. Aber hört, was mir heute passiert ist."

Heute Morgen ist sie einkaufen gegangen, in einen Fleischerladen, und hat sich etwas Aufschnitt geben lassen. Die Verkäuferin hat die Wurstwaren in eine Zeitung eingewickelt, es ist der *Völkische Beobachter*, und auf der Titelseite sieht Dora plötzlich – sich selbst. Überschrift: *Die Fratze des Judentums*.

Rudolf ist bestürzt. „Du musst so schnell wie möglich außer Landes."

„Zum Glück sind wir nicht in Berlin, sondern hier im abgeschiedenen Kampen." Dora reckt ihr Gesicht in die Sonne.

Ich denke an meine Karriere und fühle mich unwohl. Vielleicht ist es besser, wenn ich nicht mehr mit Dora verkehre. Bis dieser Arier-Spuk vorbei ist.

„Thomas Mann und Erich Maria Remarque sind schon emigriert", sagt Rudolf. „Am 10. Mai haben die Nazis ihre Bücher verbrannt. Bald wird man auch die Menschen verbrennen." Er erhebt sich. „Besprecht das mal. Die Situation ist ernst. Bis später."

Wie immer kann der Herr Doktor dem Strandleben nicht viel abgewinnen. Ihn zieht es zurück ins Häuschen, zurück zu seinen Sanskritstudien.

Dora und ich bleiben schweigend sitzen. Von rechts sehe ich einen Mann näherkommen: dunkles Marine-Jackett, weiße Hose, Seglermütze. Er schwingt einen Stock vor sich her, wohl mehr der Eleganz wegen. Denn alt wirkt er noch nicht. Jetzt ist er in Höhe unseres Strandkorbs angelangt, ich schaue in ein feistes Gesicht – und erschrecke zutiefst. Mein Gott, es ist Göring. Leibhaftig Hermann Göring, Hitlers Minister und Polizeichef.

Der Mächtige fixiert mich, dann Dora, dann wieder mich. Klar, er hat uns erkannt. Ich, der populäre deutsche Schauspieler, in intimer Gesellschaft mit einer Jüdin. Er ist schon ein paar Schritte entfernt, da wendet sich Göring noch einmal um. Als wolle er mich ein letztes Mal warnen. Wie zu Stein geworden blicke ich ihm nach. Ihm und seinem Schatten im Sand.

Ich reise sofort ab. Filmverhandlungen, erkläre ich Dora und Rudolf. Und das stimmt sogar. Ich soll eine Rolle in einem Film mit dem großen Hans Albers bekommen. Wir werden ein ungleiches Brüderpaar spielen. Was das für mich bedeutet? Den endgültigen, phänomenalen Durchbruch als UFA-Star. Natürlich undenkbar mit einer Dora Naval an meiner Seite. Panik überfällt mich. Vielleicht sind sie mir schon auf den Fersen und nehmen mich in Schutzhaft.

Ich bin wieder in Berlin. In meiner Grunewald-Villa weise ich meine Haushälterin an, niemanden – wirklich niemanden – zu mir vorzulassen. Ich müsse den Text für meine neue Rolle lernen. Dora und Rudolf werden inzwischen zurück sein. Tage vergehen in angespannter Ruhe.

„Mehrmals war Frau Naval hier", sagt mir die Haushälterin. Dann schreibt mir Dora Briefe, der Ton wird immer verzweifelter. Ob ich sie nicht mehr liebe? Ob ich sie verleugnen wolle? Gerade bei mir, ihrem „Dickerchen", habe sie sich immer so beschützt gefühlt. Rudolf sei bedrängt worden, in die NSDAP einzutreten und habe sich in einen kleinen Ort im Schwarzwald begeben. Sie, Dora, erhalte keine Auftritte mehr, habe buchstäblich kein Brot mehr im Haus ...

Ich verbrenne die Briefe. Alle.

Mein friesischer Tee ist kalt geworden. „Ja, Herr Breuer, nicht einmal ein Stück Brot habe ich für sie übrig gehabt."

„Schlimme Zeiten", murmelt der Mann mit dem Hut.

„Den Rest der Geschichte kennen Sie."

Dora hat sich von Rudolf Bonnier scheiden lassen und einen englischen Theaterleiter geheiratet. Als englische Staatsbürgerin gelang ihr die Emigration nach London. So überlebte sie den Krieg.

Ich wusste, dass sie sich danach auf Sylt etabliert hatte. Aber Jahr für Jahr verging, ohne dass ich es fertigbrachte, sie persönlich um Verzeihung zu bitten. Meine Scham und meine Feigheit waren zu groß.

„Danke, dass Sie mir Ihre Geschichte erzählt haben", sagt mein Zuhörer. „Auch wenn Dora nicht mehr lebt: Ich werde dieses Buch zu Ende schreiben. Wir sind es ihr schuldig."

Ich stimme ihm zu. Er verspricht mir, dass ich ein signiertes Exemplar bekomme. Auch dafür dürfte es für mich zu spät sein.

Am nächsten Morgen treffen wir uns wieder im Frühstückssalon. Der Schriftsteller reicht mir wortlos die Sylter Lokalzeitung: *Dora Naval leblos aufgefunden. Die Besitzerin der Literaturkneipe ‚Lästerschuppen' starb zwischen dem 15. und 18. März in ihrem Haus in Kampen. Wie die Polizei mitteilt, ist von einem natürlichen Tod auszugehen.*

EINE SELTSAME BEGEGNUNG
Neustadt

Hamburg Hauptbahnhof.

„Ich helfe Ihnen." Anja hebt den Rollkoffer in den Waggon und sieht hinunter auf die alte Dame, die mit Mühe die Stufen zum Zug erklimmt. Am linken Handgelenk der Dame schaukelt eine ungewöhnlich große Beautybox, ihren taillenlosen Körper umspannen die Riemen einer cognacbraunen Tasche. Sie ist bestimmt über siebzig, dicklich, denkt sie, aber diese Dicklichkeit erscheint ihr auf eine angenehme Weise weich, und sie muss an ihre Mutter denken.

„Vielleicht kann ich Ihnen etwas abnehmen." Sie greift nach dem Rollkoffer.

„Oh, ja – danke." Aufgerissene blassblaue Augen. Die Dame presst wie eine Überfallene die Beautybox an sich. Das Ding ist blumig gemustert in Pink und Gold, kitschig auf eine süßlich amerikanische Art. An dem Koffer klebt ein Schildchen mit dem USA-Emblem.

„Kommen Sie!" Sie führt die Dame zu dem nächsten freien Platz und verstaut das Gepäck. Sie würde jetzt gern hier bleiben, sich ablenken im Schutz dieser älteren Frau, deren silbriges Haar wie ein freundlich flirrender Schein um ihren Kopf steht. Denn die Angst, wenn sie an den Termin in Neustadt denkt, schnürt sie geradezu ein.

„Darf ich?" Sie zeigt auf den Platz gegenüber. Die Dame nickt. Ihr Lächeln scheint aus weiter Ferne zu kommen.

Anja betrachtet das cremefarbene Kostüm, an dem eine künstliche weiße Hortensie steckt. Es sieht festlich aus. Vielleicht ist sie auf einer Hochzeit gewesen. Von ihrem Kosmetikkoffer mag sie sich wohl gar nicht trennen.

„Soll ich die Box nach oben stellen?" Sie deutet auf die Gepäckablage.

„Nein, nein. Vielen Dank." Die Dame umklammert das Beauty-Utensil noch fester.

Anja würde gern eine Unterhaltung beginnen, die Stunde bis Lübeck verfliegen lassen. Nur nicht an das Ziel ihrer Reise denken. „Fahren Sie auch bis Lübeck?"

„Ja. Und von dort nach Neustadt."

„Oh, Neustadt. Da muss ich auch hin." Sie fühlt sich plötzlich wunderbar sicher. Nicht mal die letzte Strecke muss sie mit sich und ihrer Angst verbringen. Seltsam. Die Fremde fragt nicht nach, will nicht wissen, was sie in der kleinen Stadt in Schleswig-Holstein zu tun hat. Und auch die Aussicht, dass sie beim Umstieg auf Hilfe hoffen kann, scheint sie nicht zu interessieren.

„Ich kehre heim", sagt die alte Dame leise. Es ist, als spräche sie zu sich selbst.

Heimkehr von wo?, überlegt Anja und wagt sich vor. „Sie waren wohl in den Vereinigten Staaten." Sie hätte auch „USA" sagen können, aber so, findet sie, klingt es irgendwie weltläufiger und distanzierter.

„Ja, bei meiner Tochter. In Kalifornien." Im Gesicht der Fremden geht ein Lächeln auf.

„Wie schön, wenn man solch einen familiären Kontakt hat." Nein, sie wird jetzt nicht erzählen, dass ihre Mutter und ihr Vater schon lange tot sind und dass sie auch keine Geschwister hat. Sie möchte nur eine Geschichte hören. Eine Geschichte, die möglichst bis Neustadt reicht.

Die Dame kramt in ihrer Umhängetasche, wird hektisch, findet endlich das gesuchte Mäppchen. Hält ihr ein Foto hin. „Meine Tochter! Und das sind meine Enkel."

Zwei kleine Mädchen, umschmiegt von ihrer blonden Mutter. Sie tragen pinkfarbene Kleidchen mit rosa Schleifen darauf.

„Süß die beiden. Und Ihre Tochter wirkt so glücklich."

„Ja, sie ist sehr, sehr glücklich verheiratet. Mein Schwiegersohn ist praktisch ein Lottogewinn. Warten Sie – "

Ein zweites Foto. Ein großer Mann mit Bürstenschnitt steht stämmig da mit hängenden Armen. Die blonde Frau von eben hat ihren Kopf an seine Schulter gelegt.

„Ein schönes Paar." Anja schaut erneut auf das Bild.
„Und was macht Ihr Schwiegersohn beruflich?"
„Schmuckhandel." Die Augen der alten Dame leuchten verklärt. „Meine Tochter hilft ihm dabei."
Sie braucht nicht zu arbeiten, denkt Anja, und ich armes Schwein ... Um den Hals der Blonden liegt eine schwere Goldkette. Der Preis für häusliche Gefangenschaft? Scharfe Falten ziehen den Mund der Frau nach unten. Kann man aber auch in jungen Jahren schon haben.
„Wie alt ist denn Ihre Tochter?"
„Achtunddreißig." Die Fremde dreht sich mit leerem Blick zum Fenster. „Achtunddreißig", wiederholt sie und drückt die Beautybox fest an sich.
Anja verstummt. Draußen, unter einem sonnigen Junihimmel, gleiten Dörfer, Wiesen und Wäldchen vorbei. Bad Oldesloe und Reinfeld liegen hinter ihnen, der Zug läuft in Lübeck ein.
Als gehören sie schon ewig zusammen, hilft Anja der alten Dame beim Aussteigen und ergreift den fremden Rollkoffer. Wenig später sitzen sie im Regionalzug nach Neustadt. Die Fahrt durch die Seebäder – Timmendorfer Strand, Scharbeutz, Haffkrug und Sierksdorf – hat ein wenig Gesprächsstoff geboten. Jetzt ist es Zeit für eine Frage.
„Werden Sie abgeholt?"
„Nein. Ich nehme ein Taxi ins Hotel."

„Sie wohnen im Hotel?" Hatte ihre Begleiterin nicht etwas von „heimkehren" gesagt?

„Ja. Im Hotel *Wallburg*."

„Ach. Da wohne ich auch. Doch nur für eine Nacht." Die Fremde nickt zerstreut. Anja fällt ein, dass sie sich noch nicht ihre Namen gesagt haben. Es lohnt wohl auch nicht mehr.

„Ich bleibe nicht lange", sagt die Dame und schaut auf den Horizont.

Bahnhof Neustadt.

Anja war noch nicht in Neustadt. Immerhin hat sie sich einiges angelesen. Schließlich kann sie zu dem Termin nicht völlig unbedarft erscheinen. Neustadt an der Lübecker Bucht: ein kleiner Hafen, die backsteingotische Stadtkirche, das mittelalterliche Kremper Tor. Aber auch Friedhöfe als Zeugnisse schwerer Verbrechen: Hier liegen, so weiß sie, Tausende von KZ-Opfern begraben, die bei der Bombardierung der *Cap Arcona* umkamen.

Daran will sie jetzt nicht denken. Mit der alten Dame sitzt sie im Taxi, die hat ihr pink-goldenes Köfferchen auf den Knien, sie blicken auf das hellblaue Wasser des Hafens, das im Sonnenschein glitzert, und auf Segelboote, die sich sanft im Wind wiegen. Nach wenigen Minuten halten sie vor dem Hotel. Genauso hat sie es sich vorgestellt. Einladend überschaubar. Ein ziegelrotes spitzgiebliges Haus, die Fenster weiß eingefasst. Noch einmal will sie sich entspannen, ein kurzes Atemholen, um ihre Kräfte für den morgigen Termin zu sammeln. Aber schafft sie das wirklich? Vielleicht wäre es besser gewesen, schon heute alles zu erledigen. Zu spät. Sie sollte sich mit einer Ladung Torte beruhigen.

Die alte Dame wartet auf der Hotelterrasse. Sonnenschirme sind wie rote Kleckse hingetupft, Anja setzt sich zu ihr auf einen der grazilen schwarzen Metallstühle. Von den unendlich vielen, natürlich *hausgemachten* Kuchen entscheidet sie sich für einen Apfel-Mandel-Kuchen. Mit Sahne.

„Für mich bitte das Gleiche." Die fremde Frau an ihrer Seite wirkt müde. Ihr helles Kostüm hat sie gegen ein schwarzes getauscht. Und wieder hat sie dieses unvermeidliche Accessoire dabei. Die grässlich geschmacklose Beautybox. Nun gepaart mit einer Art Trauerkleidung. Du meine Güte, warum schließt sie das Ding denn nicht im Tresor ein. Anja hat es nicht in der Hand gehabt, kann nicht sagen, ob es leicht oder schwer ist. Fiel nicht das Wort „Schmuckhandel"? Aber klar doch: Da ist Schmuck drin. Warum war sie nicht gleich darauf gekommen?

„Ich kann nicht länger warten", sagt die Dame. Ihre Energie scheint zurückgekehrt. „Ich habe noch etwas vor."

„Darf ich fragen was?"

„Ach, das wird Sie bestimmt nicht interessieren. Ich gehe auf den Friedhof."

Ja, natürlich, das Alter. Bestimmt ist sie doppelt so alt wie ich, denkt Anja. Hat sie nicht gesagt, sie sei in Neustadt aufgewachsen? Sicher will sie das Grab ihres Mannes besuchen.

Ehrenfriedhof, Jüdischer Friedhof, Anstaltsfriedhof, Evangelischer Friedhof. Ziemlich viel Tod für einen so kleinen Ort. Nicht gerade erhebend, wo sie doch schon die Angst vor morgen niederdrückt.

„Ich möchte mir gern die Stadtkirche ansehen."

„Gut. Dann haben wir ein Stück denselben Weg."

Sie gehen zum Marktplatz. Das klassizistische Rathaus – hat sie doch drüber gelesen. Nahe der *Alten Stadt-Apotheke* bleiben sie vor einer Skulptur stehen.

„Das Fischerdenkmal", sagt die alte Dame. Offenbar ist dies das Äußerste, was sie sich als Gästeführerin abverlangen möchte. „Ich muss jetzt wirklich – " Sie wendet sich zum Gehen. Streift den Sockel und fällt mit einem Aufschrei hin. Das pink-goldene Köfferchen ist aufgesprungen. Noch immer umkrampft sie den Bügel, aber sein Inhalt ist längst auf das Pflaster geknallt.

Eine Urne. Schwarz mit etwas Golddekor. Unversehrt. Anja erkennt es mit einem Blick. Doch jetzt ist nicht einmal Zeit, schockiert zu sein. Ihre Begleiterin liegt am Boden. Blut läuft ihr über die Wange. Ihre Hand streckt sich hin zu dem schwarzen Gefäß.

„Meine Tochter!"

Anja nimmt die Urne und legt sie zurück in die Beautybox.

Nach wenigen Minuten ist der Rettungswagen da und hebt die Frau auf eine Trage.

„Bitte! Meine Tochter!" Ein verzweifeltes Flüstern.

Anja erklärt den Sanitätern die Lage. Sie tritt an die Trage und drückt der Dame das Köfferchen in die Hände. Die Verletzte umfasst es, als wolle sie es nie wieder loslassen.

„Keine Sorge", sagt Anja. „Ich fahre mit ins Krankenhaus, Frau – "

„Overbeck."

„Frau Overbeck." Sie lächelt ihr beruhigend zu und steigt in den Rettungswagen.

„Wohin fahren wir?", fragt sie die Sanitäter.

„In die *Schön-Klinik*."

Die *Schön-Klinik*. Welch ein Zufall. Oder soll sie es Schicksal nennen? Die Adresse kennt sie nur zu genau. Das Krankenhaus liegt östlich in Richtung des Ostseebades Pelzerhaken.

Aber auf den Weg kann sie jetzt nicht achten. Sie hockt im Rettungswagen hinter Milchglasscheiben. Auf engstem Raum mit der Fremden. Die hält über ihrem Bauch die Beautybox fest. Sie hält, denkt Anja, ihre Tochter fest.

Endlich ein ruckelnder Halt. Sie steigt aus und folgt der Trage. Nur im Augenwinkel nimmt sie das helle, lang gestreckte Gebäude und die Nebenhäuser wahr, registriert, dass man von der Klinik einen Postkartenblick auf die Ostsee hat. Merkwürdig. Nun ist sie, anders als vereinbart, schon einen Tag früher hier. Befindet sich in einer Notaufnahme, allein mit dieser Frau, die ihre Augen geschlossen hat und hin und wieder leise stöhnt. Aber so etwas kennt sie ja. Schließlich ist sie Krankenschwester.

Ein junger Arzt eilt herein, schaut zu der Patientin und dann zu ihr. „Sie gehören dazu?"

„Ja, ich gehöre dazu."

Die Verletzte soll geröntgt werden. Ein Pfleger kommt mit einem Rollstuhl.

„Können Sie das solange halten?" Er reicht Anja das Köfferchen. Der Arm der alten Dame greift ins Leere. Anja sieht ihr nach, sieht den stummen Protest in ihren Augen.

Sie stellt die Beautybox auf einen Tisch. Das Ding glitzert sie an, und sie kann nicht widerstehen. Sie öffnet es, streicht vorsichtig über die Urne. Was ragt da im Seitenfach der Tasche für ein Papier hervor? Ein Zeitungsartikel. Sie faltet ihn auseinander, beginnt ihn zu lesen.

„SELBSTMORD IN DEN USA. *Henrike Shields, geborene Overbeck, aus der gleichnamigen Neustädter Kaufmannsfamilie, hat sich in Los Angeles das Leben genommen. Ihr amerikanischer Ehemann fand sie im Badezimmer des gemeinsamen Bunga-*

lows. Dort hatte sie sich die Pulsadern aufgeschnitten."

Anja liest zu Ende, schaut die Urne an wie ein Trugbild, beginnt noch einmal von vorn. Eine tief unglückliche Ehe, so wird berichtet, die Schmuckfirma des Mannes pleite, er selbst ein Trinker, der Frau und Töchter schlug.

Sie steckt den Artikel zurück und schließt den kleinen Koffer. Nein, sie wird den letzten Akt nicht stören. Wird nicht mit Fragen den gnädigen Schleier von der Wahrheit reißen.

Die alte Dame kommt zurück, wach und belebt. „Nichts Schlimmes. Keine Gehirnerschütterung. Ich darf nach Hause."

„Nach Hause?"

„Ja, zum Friedhof. Danke, dass Sie aufgepasst haben." Sie greift sich das Köfferchen. „Sehr lieb von Ihnen."

„Und danach fahren Sie – "

„Nach Kiel. In meine Wohnung." Die Fremde lächelt. „Danke für Ihre Begleitung. Sie waren so hilfsbereit. Fast wie eine Krankenschwester."

Anja bringt die Dame mit der Beautybox hinaus zu dem bestellten Taxi. Sie winkt ihr zu. Lange blickt sie ihr nach.

Das Vorstellungsgespräch läuft bestens. Kein Wort über den dunklen Fleck in ihrem Lebenslauf. Immerhin Gefängnis. Ja, sie hat Geld geraubt, um ihrer krebskranken Mutter das vielversprechende Medikament zu kaufen. Ihre Angst löst sich auf. Hier, in der *Schön-Klinik*, zählt nur ihr Können.

Die Stelle hat sie bekommen. Und an Neustadt wird sie sich gewöhnen.

FÜNF STERNE UND EIN MORD
Heiligendamm

Ich denke nun öfter an Mord. Für eine unerwünschte Person gibt es manchmal keine andere Lösung. Bisher habe ich solche Extrem-Taten mit einer gewissen gruseligen Distanz allein dem Fernsehen überlassen: ersticken, erschlagen, erschießen. Und, und, und. In einem ARD-Krimi soll es sogar mal über vierzig Leichen gegeben haben. Ich persönlich wäre schon mit einem einzigen Toten zufrieden. Mit einem ganz bestimmten. Keine Sekunde länger will ich den Mann ertragen. Ich finde, die Drei ist eine schlechte Zahl. Einer zu viel an Bord, um es deutlich zu sagen. Es ist höchste Zeit, dass aus unserem unerfreulichen Trio ein Duo wird. Nur noch Hella und ich – das wäre genau der richtige stressfreie Ruhestand!

Hella und ich haben zusammen im Buchhandel gearbeitet. Für sie ein Gastspiel bis zu ihrer Ehe, für mich ein karger Lebensjob. Und meine Rente ... aber gut, ich will nicht verbittert erscheinen. Immerhin haben mich Hella und ihr Albert auch diesmal wieder äußerst großzügig eingeladen.
Zu dritt fuhren wir mit dem Auto von Berlin nach Heiligendamm, um in dem dortigen Fünf-Sterne-Grand Hotel einen Gourmetgipfel mit fünf Spitzenköchen zu erleben. Albert nahm den Mercedes. Man frage mich jetzt nicht nach dem Modell, es ist natür-

lich das Beste vom Besten. Kann sich der pensionierte Klinikarzt ja schließlich leisten. Ich saß, wie es sich für das Anhängsel eines Ehepaares gehört, im Fond. Wir flogen über die A 19, über uns strahlte ein blauer Septemberhimmel. Ich blickte zum Beifahrersitz. Auch heute bewunderte ich Hellas stilsichere Eleganz: sandfarbenes Armani-Kostüm, das gegerbte Gesicht gemildert durch eine perfekt blondierte Pagenfrisur.

Meine Freundin schaltete das Radio ein. Hätte sie nicht tun sollen. Denn was da aus dem Gerät wummerte, war wirklich ungut.

„Willst du, dass ich einen Hörschaden kriege?" Albert überbellte mühelos den Musiklärm. „Du bist schuld, wenn ich gleich einen Unfall baue!"

Hella drehte reflexartig den Schaltknopf zurück. Nach einer Beruhigungspause nahm sie ihre Lesebrille, dann einen Prospekt aus ihrer Gucci-Tasche. „Du warst ja noch nicht da, Astrid. Ich les' mal vor.

Im Jahr 1793 badete Herzog Friedrich Franz I. von Mecklenburg-Schwerin auf Anraten seines Leibarztes Samuel Gottlieb Vogel am ‚Heiligen Damm' in der Ostsee und begründete damit die Entstehung des ersten deutschen Seebades. Hier verbrachte von nun an der europäische Hochadel – "

„Hör' sofort mit diesem Zeugs auf!", bellte es erneut vom Fahrersitz. „Den Prospekt kann sie ja wohl selbst lesen."

Hella reichte mir wortlos das Faltblatt hinüber. Schweigen breitete sich aus. Mit jeder Erwiderung, das war mir klar, würden sowohl sie als auch ich den Kürzeren ziehen. Albert ist in kleinsten Verhältnissen in Stralsund aufgewachsen, seine Mutter hat als Putzfrau gearbeitet. Es ist ja respektabel, dass sie sich ihr Leben lang für den unehelichen Sohn krumm gelegt und letztendlich einen Chefarzt produziert hat. Nur Feingefühl hat sie ihm leider nicht mitgegeben.

Doch sprechen wir über Hella. Meine Freundin ist wahnsinnig sensibel, hochgebildet und hat nur einen Fehler: Sie kann nicht ohne Mann sein. Zugegeben, jetzt rein handwerklich gesehen, sind deutsche Männer natürlich Spitze, die wahren Nutztiere. Aber die andere Sache ... ich meine, auch der Lagerfeld hat ja gesagt: „Ab dreißig macht diese Zimmergymnastik keinen Sinn mehr." Also, ich war nie verheiratet. Liegt wohl auch daran, dass ich optisch kein Appetizer bin: Knochige Figur, dazu dunkle Haare, die zum Schmierigen neigen.

„Wie kannst du seine Beleidigungen aushalten?", frage ich Hella von Zeit zu Zeit. Dann macht sie nur diese heitere Wegwerf-Geste und antwortet stereotyp: „Männer sind von einem anderen Planeten. Verstehen muss man sie nicht."

Ah, da tauchte ja das Ortsschild *Heiligendamm* auf. Gerade hatte ich etwas über die Herkunft des Namens gelesen.

In einer Sturmnacht im 13. Jahrhundert beteten Mönche verzweifelt zu Gott, er möge ihnen Steine schenken. Denn sie hatten nicht genug davon, um ihr Kloster gegen die Flut der Ostsee zu schützen. Ihr Gebet wurde erhört, und so entstand der Heilige Damm.

Eine hübsche Legende ...
Wir glitten an alten Villen vorbei, viel zu sehen gab es nicht. Aber dann ... du meine Güte, was für eine riesige Anlage! Ein Ensemble weißer, klassizistischer Bauten – das Grand Hotel. Albert hielt vor dem überdachten, mit Portieren umrahmten Eingang des Haupthauses. Ein dienstbarer Geist in Uniform hob grüßend seinen Zylinder. Wir stiegen aus und Albert steckte mit generöser Haltung den ersten Geldschein zu.
Für sich und Hella hatte er natürlich eine *Deluxe Suite* mit Ostseeblick gebucht, ich dagegen bezog ein *Classic-Zimmer* mit Parkblick. Für eine Gesellschafterin, die ein Alt-Ehepaar dauerhaft vor Langeweile bewahrt, fand ich das absolut angemessen. King-Size-Bett, Stilmöbel in vornehmen Beigetönen, Marmorbad. Nach dem Auspacken und Frisch-

machen begab ich mich wieder in die Lounge hinunter.

Albert war noch allein. Er lehnte in einem Louis-Seize-Sessel, mit seiner Dominanz-Nase beschnüffelte er einen animierend roten Cocktail. Auch ich bestellte einen *Kamikaze*. Apropos Cocktail: Es würde Alberts vorletzter sein. Ich dachte an die mitgeführten Diabetes-Tabletten, die ich bei meiner kürzlich verstorbenen Tante reaktionsschnell eingesammelt hatte.

Ah, da tänzelte ja Hella heran.

„Wo bleibst du denn?", schnauzte es aus dem Sessel. „Du bringst ja alles durcheinander!"

Hella maskierte sich mit der Miene einer Schwerhörigen und verlangte nach Alkohol. Mit den Männern und Jahren hatte ihr Konsum leider zugenommen. Ihre erste Ehe hatten wir noch ganz gut überstanden. Julius war TV-Produzent und nach kurzer Zeit bei einem Dreh in den Alpen abgestürzt. Clemens, der Architekt, hielt sich länger. Doch dann fiel sein Herzschrittmacher aus.

Falls nun jemand denkt, dass ich da – nein, Gewalt ist mir eigentlich zuwider. Ehemann Nummer drei allerdings, dieser Albert ... Ich kann gar nicht aufzählen, wie oft der mich schon abgekanzelt hat. Früher habe ich geweint, jetzt denke ich an Mord.

„Wir machen einen Spaziergang zur Seebrücke!", bestimmte er. Spaziergang ist gut – das Ding liegt direkt vor der Hotelanlage. Aber der Mann hat ja eine künstliche Hüfte. Übrigens hat er nie schwimmen gelernt, schwingt nur in seinem Ärzte-Club den Golfschläger. Das Brückengeländer ist nicht besonders hoch, der Steg recht lang. Wenn ich mit ihm allein wäre ... Jedenfalls müssen Hella und ich von ihm befreit werden. Am Witwenerbe kann sie mich dann ruhig beteiligen.

Am Abend nun das große Koch-Event im *Kurhaus* des Hotels. Die Schiebetüren zwischen *Kurhaus Restaurant* und *Ballsaal* hatte man geöffnet, die ersten Gäste flanierten schon durch die Räume. Was für ein festliches Bild! Alles natürlich klassizistisch eingerichtet. In Weiß und Pastellfarben, mit Seidentapeten und Kronleuchtern.
Unser millionenschwerer Albert trug einen seiner italienischen Maßanzüge, Hella glänzte geschmackvoll in einem Etui-Kleid. Ich selbst hatte meine immergleiche Bluse-Rock-Kombination mit einem Lackgürtel aufgepeppt. Die Tische füllten sich, es mussten an die zweihundert Gäste sein. Je mehr Gewusel, desto besser für mein Vorhaben, ging es mir durch den Kopf. Rundherum waren die Kochstände mit den mobilen Herden aufgebaut.
Plötzlich ein Tusch! Auftritt der fünf Spitzenköche! Wir saßen nur wenige Meter entfernt, und so konnte ich sie gut besichtigen. Sie waren jung, noch schlank, im besten Aufsteiger-Alter und schon mit

Sternen dekoriert. Der Restaurant-Chef stellte sie vor: Christoph Rüffer aus Hamburg, Mirko Gaul aus Köln, Marcello Fabbri aus Weimar, Thomas Hinze von der Insel Rügen. Und mittendrin Ronny Siewert, der Gastgeber, Sternekoch des Grand Hotels Heiligendamm und „bester Koch des Landes Mecklenburg-Vorpommern". Der junge Mann mit dem runden Gesicht und der Brille war höchstens Anfang dreißig.

„Und nun genießen Sie unser Event", wandte sich der Restaurant-Chef ans Publikum. „*Ronny and friends*! Lassen Sie sich begeistern von den unverwechselbaren Kreationen unserer fünf Kochkünstler, erleben Sie ein kulinarisches Feuerwerk der feinen Küche!"

Die Köche deuteten eine Verbeugung an. Der aus Rügen, fand ich, sah merkwürdig aus: kahler Kopf, verschattetes Gesicht, Konturen eingefallen. Wie dieser spanische Tenor, unter dessen Bleiche ständig der Tod schimmert. Der Rügener blickte direkt zu unserem Tisch, genauer gesagt: zu Albert. Der Blick schloss diesen geradezu ein, mit einer Kälte, die mich frösteln ließ. Albert hatte das bemerkt. Er ruckte auf seinem Stuhl herum und strich sich mehrmals über die grauen Resthaare.

Hella stand auf. „*Miniatur-Gerichte*! Schon der Name ist köstlich. Ich geh' dann mal los."

Sie kam zurück mit einer leuchtend gelben Vorspeise. „*Makkaroni-Soufflé auf Safransauce*. Gut, dass sie einem hier nicht Mecklenburger Rippenbraten und solche Deftigkeiten auftischen."

„Deftigkeiten?", fuhr Albert auf. „Was redest du da wieder für Blech! Diese Spezialität hat mir immer meine Mutter gemacht. Aber im Kochen bist du ja eine Null."

Hella griff schweigend zu ihrem Glas. Unser Tischwein war uns von der Sommelière als „springlebendig und von betörender Frische" annonciert worden. Das würde für Albert bald nicht mehr gelten. Ich erhob mich, und er tat es mir schwerfällig nach. An den Ständen zelebrierten die Köche live ihr Handwerk, Gäste fragten nach Rezepten, und nach kurzer Zeit hatte ich Hellas Nörgler aus den Augen verloren.

Als ich mit einer Thunfisch-Schöpfung des Hamburgers an unseren Tisch zurückkehrte, waren die beiden nicht da. Jetzt oder nie! Unter meiner gewölbten Hand hervor ließ ich die fein zermahlenen Todestabletten aus dem Tütchen in Alberts Glas fallen. Ich nahm ein Löffelchen vom Tisch und rührte den Wein schnell noch mal um. Nicht umsonst hatte ich alles zu Hause geprobt.

Etwas später tauchte Albert wieder auf und vertiefte sich andachtsvoll in ein Lammkarree, das der Italiener aus Weimar kreiert hatte. Dann kam Hella zurück und präsentierte uns ein Wildlachs-Arrangement des Kölner Spitzenkochs.

„Das Soufflé des Rügeners hast du gar nicht probiert", wandte sich Hella an ihren Ehemann. In mir stieg Unbehagen auf, und erneut schaute ich zu dem kränklichen Kahlkopf hinüber.

„Ist das vielleicht Zwang?", fauchte Albert.

„Ist ja gut, Liebes."

Ich wartete, bis er von seinem Wein getrunken hatte, dann steuerte ich den Herd des Gastgebers an. Ronny Siewert servierte ein warmes Miniaturgericht: *Loup de mer mit Bohnen-Potpourri und Soljanka-Aufguss*. Als ich mit meinem Teller am Tisch erschien, war Alberts Mallorca-Bräune zu einer erschreckenden Blässe mutiert. Sein Blick lief panisch hin und her, seine Hände umklammerten die Stuhllehnen.

„Ist dir nicht gut, Liebes?" Hella aß weiter.

„Trink noch was!", ermunterte ich.

Doch Albert hörte uns wohl nicht mehr. Er sackte vornüber. Zwar nicht in die vielzitierte Suppe, aber in das Lammkarree.

Am Nebentisch reagierte jemand. „Einen Arzt! Sofort einen Arzt! Ist hier ein Arzt?"

Der Ruf wurde stafettenmäßig weitergereicht, und von ganz hinten stürmten zwei Männer los. Fast zeitgleich mit dem Restaurant-Chef trafen sie an unserem Tisch ein.

Hella und ich waren aufgestanden und hatten der Gruppe Platz gemacht. Ich bemerkte, wie sie Albert halbwegs aufrichteten, aber dann sah ich lieber weg und in die Menge, die in steinerner Stille verharrte, den Bissen sozusagen noch im Munde. Einer der Ärzte rannte hinaus und kam kurz darauf mit einer Medizintasche zurück. Und ob man's nun glaubt oder nicht: Die Herren erweckten den Beinahe-Toten zu neuem Leben. Albert schlug die Augen auf, schaute verstört in die Gegend und schüttelte sich herzhaft aus.

Was bin ich doch für eine Stümperin! Schütte da ein Pülverchen ins Glas und denke, wir sind ihn los.

Alberts Haut hatte sich zu einem Rosa belebt. Nein, er wolle auf keinen Fall ins Krankenhaus, antwortete er seinen Rettern. Alles wieder bestens, in ein paar Tagen habe er sowieso einen Durchcheck-Termin beim Hausarzt. Sogar ein „Danke!" kam ihm über die Lippen. Ich weiß nicht warum, aber ich musste wieder zu dem Kahlkopf schauen. Das Lächeln schien der Mann verlernt zu haben.

Immerhin war Hellas Gatte doch etwas angeschlagen, denn er entschied, dass der Gourmetgipfel für uns beendet sei. Wir verließen das Restaurant und passierten das Foyer, in dem noch verführerische Süßigkeiten warteten. Leider konnte ich den *Mecklenburger Scheiterhaufen* mit Walnuss-Eis, Äpfeln und Kirschen nicht mehr probieren.

Wir waren auf dem Weg nach draußen, als mir ein Schrei in den Körper fuhr. Man hört ihn und weiß: Jetzt wird es schrecklich. Albert lag am Boden, über ihn gebeugt der Rügener Koch. Ein Messer sauste nieder. Nun begannen auch wir zu schreien. Wir standen wie erstarrt, als schon Männerarme zugriffen und den Täter nach oben rissen. Er ließ sich wegführen, das ausgezehrte Gesicht blieb regungslos. Schnell waren die Ärzte zur Stelle. Sie konnten nur noch Alberts Tod feststellen.

Hella lud mich zum Tee. In ihre Berliner Grunewald-Villa, die ihr nun allein gehörte.
„Diesmal ist es am schlimmsten ausgegangen", sinnierte meine Freundin. Sie sprach von ihrer dritten Ehe.
„Stimmt. Mord ist einfach too much."
„Nur wo liegt das Motiv? Ich kann nicht mehr schlafen, wenn ich nicht die Auflösung kenne."
Ja, manchmal muss man eben Geduld haben. Aber nach einer Woche erfuhren wir es doch. Schließlich konnte man es in jeder Zeitung lesen:

STERNEKOCH ERMORDET KLINIKARZT
*Auf der Gourmet-Veranstaltung ‚Ronny and friends'
mit fünf Spitzenköchen aus ganz Deutschland im
Grand Hotel Heiligendamm ist es zu einem tödlichen
Zwischenfall gekommen. Einer der Gäste, der Klinikarzt Albert Z. aus Berlin, wurde von dem bekann-*

Nachtrag: Wie sich herausstellte, lebt einer der beiden Notfallärzte in Berlin. Hella hatte ihm im Hotel schon mal vorsorglich tief in die Augen geschaut. Wir gehen nun wieder essen – zu dritt. Robert ist jünger als wir, ein entzückender Homo mit besten Manieren. Nun gut. Einen Leibarzt kann man ja immer gebrauchen.

GEH NICHT AUF DIE EXTERNSTEINE!
Westfalen-Lippe

Lange hat sie diesen Anruf gefürchtet, und nun, an einem Junitag des Jahres 2000, zielt er ihr ins Herz: Onkel Gustav ist gestorben, ihr Lieblingsonkel. 95-jährig, in seiner Heimatstadt Detmold. Gisela Clasen hat immer das kostbare, bergende Gefühl genossen, mit Ende fünfzig noch Menschen zu haben, die sie ‚Onkel' oder ‚Tante' nennen kann. Jetzt gibt es niemanden mehr. Sie weint ein wenig, verwaist wie ein Kind, und sucht die Zugverbindung Hamburg – Detmold heraus. Wenige Tage später fährt sie zur Beerdigung. Gisela mag ihre Verwandten. Die Cousine, den Cousin, den Anhang. Vielleicht ist es das Westfälische. Diese heitere Gelassenheit, die herzhafte Lebenslust, das nie verbitterte sich Fügen, wenn das Schicksal mal wieder Schläge verteilt. „Es kommt, wie es kommt", pflegt Cousine Dorle zu sagen.

Nur noch wenige Minuten bis Detmold. „Lippe-Detmold, oh du wunderschöne Stadt ..." Gisela summt lautlos das berühmte Lippe-Lied. Gibt es sie noch, die beschauliche Residenzstadt ihrer Kindheit? Vor dreißig Jahren ist sie zuletzt dort gewesen. Beruflich hat sie viele Reisen gemacht, Pressereisen nach Finnland, Portugal, Italien – aber keine Zeit für Detmold. Dafür ist Onkel Gustav gern und oft nach

Hamburg gekommen, zu ihr und ihrer Familie, die es damals noch gab.

Sie tritt aus dem Bahnhof. Erlebtes und Fremdes vermischen sich: ‚Sinalco' weg, das ehrwürdig schnörkelige Hotel ‚Kaiserhof' jetzt Kino, der Bahnhofsplatz betoniert mit Bussen. Sie nimmt eine Taxe. Das Postamt, ein roter Historismus-Bau, ist noch da. Die imposanten Gebäude des Justizviertels – wie einst. Doch ihr Blick streift auch anderes: Coffeeshops, Pizzerias, Geschäfte von Modeketten. Verlässlich am selben Platz ihr Hotel: der ‚Lippische Hof', Ecke Lange Straße/Hornsche Straße, ein kleines Palais in Gelb.

Mit der Verwandtschaft, in der efeubewachsenen Villa in der Woldemarstraße, ist alles vertraut wie gestern. Cousine Dorle, inzwischen verwitwet, rotiert im Haushalt; Bernhard, ihr Bruder, friedlich, schwer, mit dem Sofa verwachsen; neben ihm Rita, seine scharfzüngig-muntere Frau.

Gisela legt ihren Crash-Blazer ab. „Rank und schlank wie immer", stellt Dorle fest, „ im Gegensatz zu mir."

Am nächsten Tag versammelt man sich auf dem Friedhof in Heidenoldendorf. Gisela weint, um den Onkel und um die Überlebenden, Dorle und Bernhard haben nach der Mutter nun auch den Vater verloren. Der Pastor ziseliert in sehr schönen Worten das lange Leben des Verstorbenen, und da es über

Gustav Altemeier nur Gutes zu sagen gibt, begleitet jeden Markstein seines Weges eine neue Welle von Schluchzern. „Als Archivdirektor des Landesarchivs Lippe hat sich unser lieber Entschlafener vor allem um die heimatkundliche Forschung ein besonderes und einzigartiges Verdienst erworben."
Heimat, sinniert Gisela. Man sollte die eigenen Wurzeln suchen ...
Machtvolles Orgelspiel reißt sie in ihre Trauer zurück, und ihr fallen die Zeilen des Detmolder Dichters Ferdinand Freiligrath ein: „O, lieb, so lang' du lieben kannst! /O, lieb, so lang' du lieben magst!/die Stunde kommt, die Stunde kommt, /wo du an Gräbern stehst und klagst!"

Auf der Kaffeetafel in der Woldemarstraße türmt sich der Butterkuchen. Schlagartig sind die Gäste zu Leben und Appetit zurückgekehrt, und Dorle kommt kaum mit dem Kaffee nach. Mit ihren sechzig Jahren wirkt sie noch immer attraktiv, denkt Gisela. Dieses aufrecht Stattliche, dieser Glanz in den Augen.
Sie sieht die Tafel entlang, wiederholt sich die Namen der jüngsten Verwandten, bringt sie aber nicht alle zusammen. Auf einen Wink seiner Schwester schenkt Bernhard den Steinhäger ein. Dorle schlägt mit dem Löffel an ihre Kaffeetasse.
„Zum Wohl! Gilla, nun niimm doch dein Glas! Du wiirst einen Klaren brauchen – du hast geerbt!"

„Ich?" Gisela schaut wie entblößt in die Runde. Sandra, Dorles Tochter, stellt ihr ein Köfferchen vor die Füße. Im Braun einer Hebammen-Tasche und von Riemen umschlossen.

„Was ist da drin?"

„Na, Geld. Scheinchen bis zum Anschlag." Rita kann wie immer nur an das Eine denken.

„Jau, da kommt Geld zu Geld." Bernhard lacht gutmütig.

Gisela lässt den Koffer los. Am besten, sie gibt ihn zurück.

„Oh, Chotto-Chotto-Chott. Getz aber kein Streit." Nenn-Oma Käthe stöhnt auf.

„Schluss getz!" Dorle schlägt erneut gegen ihre Tasse. „Es sind iirgendwelche Bücher und Schriiften drin."

„Dann mach' ich den Koffer jetzt auf. Hier vor aller Augen." Gisela legt das Erbstück auf einen Hocker. Die Verwandten stehen auf, Hälse recken sich über den Tisch. Sie löst die Riemen, hebt den Deckel: vergilbte Bücher in Fraktur, Briefe, Kladden mit handschriftlichen Notizen.

Man setzt sich wieder. „Ach, nur alter Kram", hört sie jemanden sagen. Weitere Steinhäger werden ausgegeben.

„Kannst du alles in Ruhe in seinem Arbeitszimmer lesen", sagt Dorle. „Sandra, briing den Koffer rüber."

Die Nacht im „Lippischen Hof" ist kurz gewesen. Befallen von einer unterschwelligen Erregung, hat Gisela nur wenig schlafen können und verlässt das Hotel nach einem hastig eingenommenen Frühstück. Vor ihr liegt die Lange Straße, seit jeher Detmolds bedeutendste, ewig pulsierende Flaniermeile. Heute ist sie Fußgängerzone. Sie sollte jetzt, neugierig und wiedersehensfroh, einen Bummel machen, aber es treibt sie fast zwanghaft zur Woldemarstraße. So nickt sie den alten Bekannten gleichsam nur zu: Kaufhaus Wiese, Kaufhaus Sonntag, Markt mit Donopbrunnen und Erlöserkirche, Rathaus. Und dem Schloss mit seinem behelmten Turm, eine ‚Perle der Weserrenaissance'. Sie biegt nach rechts in die Woldemarstraße.

Das Arbeitszimmer ihres Onkels, in Nussbaum und mit grünen Samt-Portieren, ist über Generationen hinweg im Stil der Gründerzeit geblieben. Das Foto vor ihr umfasst ein Trauerflor, es ist in Gustavs ‚besten Jahren' aufgenommen: gescheiteltes, noch lückenloses Blond, unter der Klassik-Nase das zeittypische Lächeln, das keine Zähne zeigt.
Auf dem Schreibtisch ein hölzerner Brieföffner, verziert mit dem Wappen der ‚Lippischen Rose'. Gisela schlitzt den an sie adressierten Umschlag auf:
„Detmold, den 22. März 1998. Meine liebe Gisela, wir standen uns immer sehr nahe, und so wirst Du es sein, der ich meine große Lebensschuld anvertraue.

Was einst, im Jahre 1934 geschah, kann und konnte ich meinen Kindern nicht erzählen. Denn die Entdeckung, dass ihr Vater nicht der Mensch ist, für den sie ihn immer hielten, würde sie auf das Schlimmste treffen. Du hast ein wenig mehr Distanz. So sollst Du, liebe Gisela, mein Geheimnis erfahren. Für Sühne ist es zu spät, nicht jedoch für die Wahrheit. Heute, nach einem gerade überstandenen Herzanfall und im Angesicht meines sich neigenden Lebens, schreibe ich mir alles von der Seele."

Mit einem Ruck schiebt Gisela den Brief von sich weg. Nein, nicht er, nicht ihr Onkel. 1934 – was kommt da auf sie zu?

Doch die Worte sind schon in sie eingedrungen, verwandeln sich in kurze, hämmernde Herzschläge. Zögernd zieht sie die mit Tinte beschriebenen Bögen heran. „Ich war zu der Zeit, 29-jährig, Assistent bei Archivdirektor Dr. Wilhelm Strathoff. Lies zuerst die damals von mir gefertigten Protokolle zu unseren heimatkundlichen Sitzungen des ,Altertumsvereins'. Die Fotos zeigen Dir die Teilnehmer. Am Ende wirst Du verstehen, wie jene unselige Tat an den Externsteinen sich ereignen konnte."

Erstmal die Fotos. Gezackter Rand, sepiabraun der Zeit entrückt. Männerquartett in einem Herrenzimmer. Die Beschriftung auf der Rückseite der Bilder, in gemäßigtem Sütterlin, gibt ihr erste Auskünfte.

Ewald Möllenbrink, Mediziner. Ein scharf gefalteter Dandy-Typ, die dunklen Haare wie angeklebt. Zweireiher, weißes Einstecktuch. Dr. Ernst-Ludwig Ohle, Kunsthistoriker. Ein massiger Mann. Geschorene Schläfen, hoch bis zur minimalen Haarmatte, auf dem Sakko das NS-Parteizeichen. Mit gespreizten Schenkeln lagert er im Fauteuil. Dr. Wilhelm Strathoff, Kunsthistoriker und Archivdirektor. Zwirbelbart und Halbglatze. Westenanzug. Sichtbar die Kette einer Taschenuhr.

Alle drei, denkt Gisela, jenseits der fünfzig wohl. Als einziger stehend, die Arme verschränkt, ihr Onkel. Der junge Gustav Altemeier. Glattes Haar. Und ein glattes Gesicht. So spurenlos noch, dass es sie anrührt.

Sie greift zu den Protokollen, fühlt wieder ihren Herzschlag.

„2. Juni 1934, 16 Uhr. Anwesend: Dr. Ohle, Dr. Möllenbrink, Dr. Strathoff, als Protokollant Herr Altemeier. Die heutige Sitzung befasst sich erneut mit dem Streit um die Externsteine.

Ohle: Die Externsteine sind ein heidnisch-germanisches Heiligtum. In der nunmehr dritten Auflage meines Buches „Stämme und Stätten" habe ich die letzten Beweise erbracht.

Strathoff: Im Gegenteil. Sie wiederholen Wort für Wort die alten Irrtümer. Ich halte dagegen: Die Externsteine sind ein christliches Heiligtum. Wie Sie wissen, haben die Benediktiner die Felsen 1093 erworben. Alles, was sich im Innern findet, ist eine getreue Nachbildung des Heiligen Grabes in Jerusalem, das ebenfalls in einen Felsen gebaut wurde.

Möllenbrink: Das lassen Sie mal nicht den Führer hören. Ludwig, das kannst du wohl leicht entkräften.

Ohle: Selbstverständlich. Nehmen wir das Relief in Felsen I. Was haben wir im Sockelbild? Yggdrasil, die nordische Weltesche.

Strathoff: Nein, wir haben den christlich-orientalischen Lebensbaum, wie Sie aus den Paralleldarstellungen in den Museen in Nürnberg und London leicht ersehen können. Warum sollte Karl der Große, als er hier christianisierte, diesen Bildteil verschonen, wenn seine Truppen, wie Sie selbst behaupten, die Externsteine als heidnische Trümmerwüste zurückließen?

Ohle (drückt erregt seine Zigarre aus): Weil, weil ...

Möllenbrink: Die wurden eben gestört.

Ohle: Lass mal, Ewald. Zum Glück ist der Urgrund und die Quelle unseres Volkstums noch immer sichtbar. Das zeigt ja in reinster Weise die große Rune in Felsen I.

Strathoff: Rune? Das ist eine Brandmarke, betrifft also eine viel spätere Zeit. Das Zeichen kommt vor auf Brenneisen, mit denen man um 1600 Verbrecher gebrandmarkt hat.

Ohle (äußerst verärgert): Ein paar Brenneisen ...

Strathoff: Die Kultzeichen, die Sie überall sehen, sind Steinmetzzeichen. Menschen wollen sich verewigen. Haben Sie noch nie Ihren Namen in einen Baum geritzt?

Möllenbrink (beginnt zu lachen): Nicht nur den eigenen. Ich denke da an eine gewisse Lisbeth ...

Ohle (mit zunehmender Schärfe): Nun, Herr Dr. Strathoff, bei Felsen II, dem Turmfelsen, werden sich Ihre Behauptungen in Luft auflösen. Der Steinträger in der dortigen Höhenkapelle diente zur Aufstellung eines Schattenwerfers für den germanischen Gestirnkult, und in der Vertiefung auf dem Scheitel der Felsnische hat einst die germanische Irminsul, die heilige hölzerne Säule, gestanden.

Möllenbrink: Sehr richtig. Passen Sie gut auf, Strathoff. Wir feiern jetzt Jul statt Weihnachten.

Strathoff (fasst sich wie im Schwindel an die Stirn, nimmt eine Pille ein): Herr Dr. Ohle, Sie sind Kunsthistoriker. Da dürfte es Ihnen kaum verborgen geblieben sein, dass es sich bei dem Träger um den Rest eines romanischen Altars handelt. Die Vertiefung war für ein Kreuz gedacht. Und die Achse der Kapelle läuft keineswegs in Richtung Sonnenwendlinie. Weitere Beweise für den durch und durch christlichen Charakter der Höhenkammer können Sie in meiner neuen Publikation lesen.

Ohle: Eine neue Publikation?

Strathoff: Ja. Sie erscheint im Herbst.

Möllenbrink: Dann zeigen Sie uns doch Ihre so genannten Entdeckungen! An Ort und Stelle. Was meinst du, Ludwig? Machen wir einen Ausflug zu den Externsteinen.

Ohle: Im Übrigen, Herr Dr. Strathoff, ist Ihnen sicher bekannt, dass Reichsführer Himmler Vorsitzender der Externstein-Stiftung ist und sich wohlwollend zu meinem Vorschlag geäußert hat, die Externsteine in Erinnerung an unsere Ahnen zu einem ‚Heiligen Hain' zu gestalten. Am 21. Juni findet dort die große Sonnwendfeier statt.

Verabredung zu dem avisierten Ausflug. Ende der Sitzung."

Es klopft an der Tür. „Gilla", sagt Dorle. „Getz hörst du aber auf. Ich hab' einen Pickert[1] für uns gemacht."

Gisela stakst ihrer Cousine in die Küche nach. Wie in alten Zeiten, denkt sie. Wunderbar, der lippische Pfannkuchen, dazu der dampfheiße Kaffee.

„Was steht denn drin in den Papieren?" Dorle schaut sie an wie eine Verdächtige. „Du bist hochrot im Gesicht."

Was soll sie sagen? Lebensschuld, ein lastendes Wort.

„Bin noch nicht durch", murmelt sie.

1Pickert: lippische Pfannkuchen-Spezialität, aus Hefe, geriebenen Kartoffeln u.a.

Sie setzt sich wieder an den Schreibtisch. „Liebe Gisela, lies nun, wie jene Tat sich damals zutrug ...“

„Es war am 4. Juni 1934. Mit Dr. Strathoff, meinem Chef, und den beiden Herren fuhr ich mit der Straßenbahn von Detmold über Horn zu den Externsteinen. Sollte das einer der heiteren wissenschaftlichen Ausflüge werden, wie sie in unserem ‚Altertumsverein‘ schon fast Tradition waren? Ich fühlte ein schnürendes Unbehagen. Als solle ich bald einem tödlich endenden Duell beiwohnen.

Wieder ergriff mich der Anblick der gewaltigen, rund 70 Millionen alten Sandsteinfelsen. Wie Du weißt, sind an fünf der dreizehn Natursteine Spuren menschlicher Bearbeitung zu erkennen. Als Kind warst Du oben, mit Deinen Eltern. Sie haben Dir Felsen I gezeigt, mit der Kreuzkapelle, dem Relief und den Grotten. Und Ihr seid auch zum Felsen III, dem Treppenfelsen, hinaufgestiegen. Von dort über den himmelhoch hängenden Steg zum Felsen II, dem Turmfelsen mit der Höhenkapelle. Und Du hast noch lange von dem ‚Teufelsbrocken‘ gesprochen, der oben auf Felsen IV liegt, und von der Teufelssage.

In der kleinen Kapelle auf dem Turmfelsen würde uns nun Archivdirektor Strathoff die Wahrheit des Kreuzes beweisen.

Wie alle Besucher es tun, so blickten auch wir zu dem filigranen, über dem Abgrund schwebenden Brückchen empor.

Kontrahent Ohle stemmte seine fleischigen Hände in die Hüften. ‚Na, Dr. Strathoff, hübsche Höhe, was? Hoffentlich ist Ihnen nicht schon wieder schwindelig.'

Mein Chef war damals Anfang sechzig und litt zuweilen unter Schwindelanfällen. Er antwortete nicht, strebte zügig zum Treppenfelsen und begann mit der mühevollen Besteigung. Erinnerst Du Dich? Über hundert unterschiedlich hohe Stufen sind in den Naturstein gehauen. Schon bald musste Strathoff unsere Gegner an sich vorbeilassen. Vom Gipfel lachten sie auf uns herab. Ich fasste den alten Herrn beim Arm, wir tapsten ihnen nach, über den Steg und den saugenden Abgrund hinweg.

Angekommen bei der Altarnische, demonstrierte uns Strathoff Detail für Detail den romanisch-christlichen Ursprung.

‚Das Rundfenster romanisch?', höhnte Ohle. ‚Es ist ein Sonnenloch, Teil eines germanischen Observatoriums.'

Mit siegessicherer Ruhe zog Strathoff ein Papier aus der Jackett-Tasche. ‚Bitte! Diese kürzlich von mir entdeckte Urkunde aus dem Jahr 1385 bestätigt ausdrücklich den *oberen Altar*! Natürlich wird auch das in meinem neuen Buch stehen.'

‚Wird es nicht!' Ohle zerriss die Abschrift, riss und riss wie im Rausch, er packte seinen Gegner am Hals und drückte zu. ‚Volksverräter! Elender Schädling an unserem Ahnenerbe!' Er würgte weiter, und erst jetzt begriff ich den Ernst der Lage. Als es mir gelang, den rasenden Koloss zurück zu zerren, war es zu spät. Strathoff lag bereits wie leblos am Boden. Möllenbrink beugte sich hinunter. ‚Exitus.' Der Arzt zündete sich eine Zigarette an. ‚Beruhige dich, Ludwig. Es wird da keine Probleme geben.'
‚Sie haben ihn umgebracht!' Ich begann zu schreien.
‚Sie halten jetzt den Mund!' Mit hypnotischer Kälte fixierte mich Möllenbrinks Blick.
‚Und zwar für immer!' Ohle hatte sich gefasst. Wie ein riesiger Schatten kam er auf mich zu und stieß mir seine Pranke in die Brust. Ich wich zurück, fühlte schon das Eisen des Geländers, hinter dem der Fels in die Tiefe stürzte. Nirgends war ein Besucher zu sehen.
‚Was wollen Sie?' Ich hieb ihm einen Fuß ins Bein und nutzte die Sekunde der Verblüffung, um mich unter ihm durchzuwinden. Ich lief davon, hinab zur Brücke und hinüber zum Felsen, sprang Stufe um Stufe abwärts, zu schnell für meine Füße, zu langsam für meine Angst.
Ja, liebe Gisela. Ich bin davongelaufen. An jenem Tag und für mein restliches Leben. Habe geschwiegen, als man meinen Chef zu Grabe trug. ‚Herzver-

sagen' – Möllenbrink hatte einen ‚natürlichen Tod'
bescheinigt. Und ich sagte ‚ja', als man mir Strathoffs Posten bot. Archivdirektor. Ich war befähigt.
Und dennoch: mein Gehalt ein immer währender
Blutzoll.
Ohle und Möllenbrink sind lange tot. Strathoffs Er-
mordung blieb ungesühnt."

Gisela sinkt zusammen. Nein, ein Schock ist es
nicht. Eher diese leise, verletzende Trauer, wenn
nach Jahrzehnten die Enthüllung kommt: Er hat dich
schon damals betrogen.
Sie öffnet die Tür zum Wohnzimmer. „Dorle, ich
muss dir etwas sagen. Bitte setz dich hin."
Die Cousine zieht die Brauen zusammen. Und Gisela erzählt die Geschichte, Entschuldbares schon
eingebaut.
Dorle springt auf, schenkt sich mit bebender Hand
einen Cognac ein. „Das möchte ich Schwarz auf
Weiß haben!"
Gisela reicht ihr die Briefbögen. „Ich werd' mich
derweil in der Küche betätigen."
Dorle nickt. Ihr Blick bleibt auf der Schrift liegen.

„Ich bin durch." Die Cousine lehnt sich an den Kü-
chenschrank. Sie atmet, als müsse sie Reste von
Sauerstoff dosieren. „Und nun? Was machst du getz
mit dem Koffer?"
„Behalten. In meinem Keller deponieren."

„Du könntest ihn hier lassen.“

„Warum? Er ist doch für mich. Ein Vermächtnis.“

„Wolltest du nicht einiges wiedersehen? Das Hermannsdenkmal und den Donoper Teich?“, fragt Dorle in müdem Pflichtton. „Ich begleite dich natürlich.“

„Lass nur. Ich seh’ mir erst mal die Altstadt an.“

„Gut, dann geh’ ich getz einholen.“

Im Arbeitszimmer packt Gisela die Papiere in den Koffer. Ihr Onkel ein Feigling. Verzeihbar, denkt sie, damals, die schlimme Zeit.

Eine tolle Story, das Ganze. Nach Jahrzehnten kommt ein Mord ans Licht ... Gustavs Rolle müsste man natürlich herunterschrauben. Die Witterung der Journalistin, erkennt sie selbstironisch. Ja, man sollte das historisch schon zurechtrücken, zumindest in einem Fachblättchen. Strathoff, ein Opfer der NS-Ideologie. Und heute? Sind die Externsteine nicht schon wieder heidnisch-germanisch geworden? Wer weiß, wer dort so zur Sonnenwende herumlärmt.

Gisela schlägt das Telefonbuch auf. Tatsächlich, es gibt ihn noch, diesen ‚Altertumsverein’. Sie greift zu ihrem Handy, ist kurz darauf mit einem Herrn Deppe verabredet.

Eine Erker-Villa in der Benekestraße. Deppe begrüßt sie in einem altbackenen Mahagoni-Zimmer, in dem er selbst wie ein kerniger Kontrast wirkt. Er muss um die sechzig sein. Einer dieser Pensionäre, die zu eitel sind, die Diskrepanz zwischen ihrer zerfurchten Gesichtslandschaft und dem fitnessgestählten Rest auch nur ansatzweise zu bemerken.

„Sie haben mir etwas mitgebracht?" Er lächelt schief, das soll wohl charmant sein.

„Ja, die Lebensbeichte meines Onkels."

Gisela macht es kurz und pointiert. Während sie die Geschichte erzählt, registriert sie, wie das Dauergrinsen ihres Gegenübers erstirbt und sich zur Pokermiene wandelt.

„Darf ich mal die Originale sehen?"

„Natürlich." Sie reicht ihm die Blätter hinüber. „Die Seite mit dem Mord habe ich farbig markiert."

„Haben Sie Beweise? Zeugen?", fragt er kühl.

„Nein. Nur diesen handgeschriebenen Bericht."

„Zweifellos interessant, aber so einfach ohne Prüfung kann ich das in ‚Lippische Denkmäler' nicht publizieren."

„Danke." Gisela legt die Papiere in den Koffer zurück.

„Nun laufen Sie nicht gleich weg. Ich sagte ja: zweifellos interessant." Deppe legt das schiefe Lächeln auf. „Was halten Sie davon: Wir fahren zu den Externsteinen und sehen uns erst mal den Ort des Geschehens an."

„Einverstanden." Vielleicht klappt es doch noch. Zu schade, wenn die Story in der Versenkung bliebe.

Deppe hängt sich eine Kamera ums Handgelenk. „Und oben auf den Felsen machen wir ein paar Fotos. Sie mit dem Koffer."

Gisela steigt zu ihrem gebräunten Begleiter ins Cabrio und schickt eine SMS an Dorle: BIN MIT HERRN DEPPE VOM ALTERTUMSVEREIN ZU DEN EXTERNSTEINEN UNTERWEGS. G.

Die Luft ist mittagsheiß. Fünfzehn Minuten Fahrt. Und dann ragen sie vor ihnen auf, die urzeitlichen, bis zu 38 Meter hohen Steine. Irgendwie geschrumpft, denkt Gisela. Kleiner geworden im Spiegel der Erinnerung. Und doch eine gewaltige Höhe. Ganz, ganz oben auf dem Felsen rechts haben sie gesessen, sie, die Elfjährige, und ihre Eltern. Der Wind hat ihre Haare zerzaust, weit ging der Blick ins Lipperland.
In der Nähe ist jetzt ein Parkplatz. Ein paar Autos, ein Restaurant namens ‚Felsenwirt'. Die Hitze lastet, alles scheint wie ausgestorben.
Ihr Handy meldet sich. Eine SMS von Dorle. PASS AUF! WALTHER DEPPE IST DER NEFFE VON LUDWIG OHLE!
Wie im Reflex klappt Gisela das Handy zu. Erst danach begreift sie es richtig: Deppe ist der Neffe eines Mörders ...
„Schlechte Nachrichten?" Ihr Begleiter scheint irritiert.

„Nein, nein." Soll sie umkehren? Was will der Mann? Bestimmt nicht die Schandtat seiner Familie veröffentlichen.

„Gut, dann geht's jetzt an den Aufstieg."

Gisela blickt nach oben. Im Himmelsblau schwebt das Brückchen. „Wir könnten noch einen Kaffee trinken."

„Den sollten wir uns erst verdienen." Deppe nimmt die Stufen mit der Leichtigkeit des Trainierten.

Verflucht, warum macht sie auch keinen Sport. Zum Glück ist der Koffer nur ein Köfferchen. Die letzten von den hundert Stufen. Vor ihnen der Steg, gewölbt wie ins Nichts.

„Kommen Sie, Frau Clasen! Oder haben Sie etwa Angst?"

„Angst?" Sie lacht. Jetzt nicht hysterisch werden. Sie ist mitten auf der Brücke, da summt erneut ihr Handy. Eine SMS von Dorle: GEH NICHT AUF DIE EXTERNSTEINE!

„Eine viel gefragte Dame." Deppe wendet sich um, kalten Spott in den Augen.

BIN SCHON OBEN. AUF DEM TURMFELSEN, tippt Gisela ins Handy. Sie verlässt die Brücke, geht auf die kleine Altarnische zu.

„Am besten hier." Deppe hebt die Kamera. „Treten Sie direkt ans Geländer. Tolles Panorama, was?"

Gisela klammert den Blick an die Feldswand. Hinter ihr, unter ihr fällt das Gestein ins Bodenlose.

„Ich kann mich auch vor die Kapelle stellen.“

„Kapelle? Das ist ein Observatorium!“

Gisela tritt nach vorn, schreit auf. „Dorle! – Wo kommst du denn her?“

Die Cousine läuft auf sie zu, presst sie wie auf ewig an sich.

„Das ist ja filmreif. Die Rettung der Verlorenen.“ Deppe lehnt mit verschränkten Armen an einem Vorsprung.

„Herr Deppe!“ Dorle baut sich mit ihrer ganzen matronenhaften Imposanz ihm auf. „Was wollen Sie von meiner Cousine?“

„Du kennst Herrn Deppe?“, wirft Gisela ein.

„Ja, vom Sportverein. – Herr Deppe, der Inhalt der Dokumente in diesem Koffer ist mir bekannt. Warum sind Sie mit meiner Cousine hierher gefahren?“

Der Mann beugt sich vor. „Frau Plöger, Sie kreuzen hier auf, starren mich an wie ein Gespenst – “

„Ich weiß Bescheid. Ihr Onkel hat Strathoff ermordet. Weil der ihm überlegen war und diese NS-Theorie von den angeblich heidnischen Externsteinen widerlegt hat. Sie wollen doch nur an die Papiere. Um sie zu verniichten!“

„Und wenn? Ich könnte sie Ihnen abkaufen.“

„Wir sind nicht käuflich, Herr Deppe. Komm, Gilla.“

Dorle nimmt Gisela den Koffer aus der Hand. Die Cousine hat sich schon halb gedreht, als Deppe auf sie zuspringt, ihr den Koffer entreißt und hinunter auf das Brückchen rennt.

„Vorsicht, Dorle!" Giselas Ruf fällt laut in die Mittagsstille, aus dem Schatten der Nischen treten Touristen hervor.

Aber Dorle ist dem Flüchtenden schon nach, auf den Steg hinüber zum Treppenfelsen. Gisela rennt hinterher, passiert die Brücke – da hört sie den Schrei. Den Todesschrei eines Fallenden.

Wie eine Statue steht ihre Cousine vor ihr.

Irgendwo unten liegt Deppe. Auf einem Absatz des hundertstufigen Treppenfelsens.

„Der Koffer", flüstert Dorle wie erwachend. Sie tasten sich abwärts, vorbei an dem Toten. Nicht weit davon, fast unversehrt, liegt der Koffer. Gisela greift danach. „Behalt' ihn", sagt sie zu ihrer Cousine.

DER LIEBESDIENST
Hamburg

Es wirkte fast ein wenig obszön: Auf dem Friedhof hatte der Sommer verschwenderisch das Leben erweckt. Die Sonne strahlte durch sattes Grün, Rosen rankten über Laubengänge, der Rhododendron leuchtete verführerisch in Lila. Der Mann hatte sich schnell hinter einem Busch verborgen und schaute zu der etwas entfernteren Gräberreihe hinüber. Hatte sie ihn bemerkt? Wohl kaum. Versunken, die Hände übereinandergelegt, stand die schöne, nicht mehr ganz junge Frau vor dem blumenumkränzten weißen Marmorstein. Mitte vierzig vielleicht, schätzte er, also im gleichen Alter wie er. Sie war bis zu den Schuhen in Schwarz gekleidet, das enganliegende leichte Kleid zeichnete ihre beachtlichen Kurven auf erregende Weise nach. Ihre schwedenblonden Haare hatte sie in einer Einschlagrolle hochgesteckt, und dieses Strenge, beinahe Altmodische machte sie in seinen Augen noch attraktiver. Ihm wurde plötzlich heiß, noch heißer, als man es an einem solchen Junitag erwarten konnte ... Sex mit dieser schönen, mysteriösen Unbekannten – wie das wohl wäre? Ich muss verrückt sein, dachte er, stehe eben noch am Grab meiner Frau und denke an Sex. Ausgerechnet auf dem Friedhof.

Aber wie magnetisch hielt ihn die dunkle, aufreizende Gestalt weiter fest. Jetzt war sie aus ihrer Selbstvergessenheit erwacht, reckte das feine Profil zum Himmel und hob die gefalteten Hände über sich wie zu einem Schwur. Dann ging sie eilig fort.

Der Mann kam vorsichtig hinter dem Rhododendron hervor und bewegte sich langsam, beinahe schlendernd, zu dem weißen Marmorstein. „Gunther Assmann, geb. 9.11.1956 – gest. 7.6.2002" las er sich vor. 46 war der Tote also geworden, genauso alt oder besser jung, wie er selbst jetzt war. Sicher der verstorbene Ehemann der Schönen. Oder der Bruder? Nein, so trauert man nur um einen Ehemann. Dann hieß sie wohl ebenfalls Assmann. Er hörte sein Herz klopfen. Unbedingt und wenn es auch seine Seele kostete, musste er sie wiedersehen. Er blickte aufs Zifferblatt: 15 Uhr. Genau um diese Zeit würde er nächsten Sonntag wieder zur Stelle sein.

„Und ich bin Schwester Ange–" Angela Assmann erstarrte, als sie den betagten Neuzugang auf ihrer Station erblickte. War ihr hier ihre eigene Schwiegermutter als Pflegling untergekommen? Nein, es war nur eine erschreckende Ähnlichkeit: die gleiche über den Mund hängende Nase, die gleichen braunen Placken im Gesicht, dazu der vogelartige Kopf, der auf einem langen faltigen Hals ständig nach vorn ruckte. Sie hatte wieder das tagtägliche Keifen ihrer

Schwiegermutter im Ohr und wollte schon in einem jähen Impuls zuschlagen ... Stattdessen sagte sie:

„Ich bin Schwester Angela!" Sie produzierte ein süßliches Lächeln und ergriff die laubtrockene Hand der Alten.

Die antwortete nicht, sondern sah sie nur durchdringend an. Angela floh ins Schwesternzimmer und zündete sich mit fahrigen Fingern eine Zigarette an.

„Was ist los mit dir? Geht's dir nicht gut?" Die junge stämmige Schwester Dorthe sah sie besorgt an.

„Doch, doch."

„Der Anfang ist immer grausam. Aber du wirst das schon schaffen. Du bist eine ganz Patente, das merkt man gleich."

„Danke." Angela lehnte sich zurück und blies anhaltend den Rauch aus. Die Umschulung von der Verkäuferin zur Krankenschwester hatte sie zwar durchgestanden und hier, im Städtischen Krankenhaus, sogar ihre erste Stellung bekommen. Aber würde sie diese Elendsszenerie auf Dauer ertragen? Die geballte Hässlichkeit der greisenhaften Patientinnen schlug sie jetzt schon nieder ...

„Was hast du eigentlich früher so gemacht?"

Angela blickte auf Dorthes geschmacklosen Kaffeebecher, dann heiterte sich ihr Gesicht auf.

„Porzellan verkauft. In der Porzellanabteilung von Althoff."

„Oh!“ Dorthe setzte ihren Becher ab. „So richtig Edles wie Rosenthal und so?“

„Ja, Rosenthal, Hutschenreuther, Meißen, alles. Ich durfte dort auch die Hochzeitstische dekorieren.“

„Toll! Und dann?“

„Dann ging das Geschäft pleite. Danach hab ich eine Zeitlang in einer Porzellanklinik gearbeitet. Zerbrochenes wieder heilen, das fand ich sehr schön. Aber die machten dann auch pleite.“

„Auweia, und jetzt bist du hier.“ Dorthe schaute bestürzt.

„Ja, und jetzt bin ich hier.“ Unvermittelt, als könne sie ihre Traurigkeit wie ein paar Tropfen abschütteln, stand Angela auf. Während Dorthe sich auf den Weg in den „Saal“ machte, zog Angela die Spritze für ihren Neuzugang auf: Hildegard Wegner, 80 Jahre, Wirbelbrüche durch Osteoporose. Seltsam, dachte sie, nicht nur diese schockierende Ähnlichkeit, sondern nun auch noch derselbe Jahrgang wie meine Schwiegermutter. Nein, nicht „meine Schwiegermutter“. Sagen wir lieber: wie bei Käthe. Oder vielleicht „Ex-Schwiegermutter“? Das passt doch am besten, wenn der geliebte Mann tot, dessen verhasste Mutter aber noch am Leben ist.

Die alte Frau mit dem Vogelkopf lag auf dem Rücken. Angela drehte sie ruckartig auf die Seite und rammte ihr die Spritze ins Fleisch. Der aufheulende

Schmerzensschrei war so laut, dass die junge Bett-
nachbarin erschreckt in die Höhe fuhr.

„Na, na, na", sagte Angela. „So schlimm kann das
aber nicht gewesen sein. Und jetzt legen wir uns
schön wieder hin, ja?"

Das gelbe Gesicht der Alten war noch immer ver-
zerrt, als Schwester Angela schnell das Zimmer
verließ.

Am Sonntag war der Mann kurz vor 15 Uhr wieder
auf dem Friedhof. Diesmal hatte er sich ein paar
Reihen weiter vor einem beliebigen Grab postiert. Er
las nun schon zum x-ten Male die Inschrift vor sich,
die Sonne brannte ihm auf den spärlich behaarten
Schädel, und seine Gedanken kreuzten wild hin und
her. Warum sollte sie überhaupt kommen? Vielleicht
erwies sie dem Verstorbenen nur einmal im Monat
die Ehre? Oder nur einmal pro Saison? Oder gar nur
einmal im Jahr? Er selbst besuchte ja jeden Monat
seine Frau und legte ihr pinkfarbene Rosen, ihre
Lieblingsblumen, aufs Grab, aber so eine innige Liebe wie zwischen ihnen war schließlich etwas ganz
Seltenes ... Sexabstinent war er nach ihrem Tod allerdings nicht geworden. Neulich auf Mallorca, diese verloren wirkende Frau in seinem Hotel, sie hatten ihre Einsamkeiten in einem kurzen Geschlechts-
akt zusammengeworfen, aber das Danach hatte ihn
deprimiert, und er hatte zu etlichen Cognacs greifen
müssen.

Plötzlich zuckte der Mann hoch. „Sie" kam! Schon von fern erkannte er sie an ihrem hoheitsvollen Gang, einem Gang, der alles Übrige in der Welt beiseitezuscheuchen schien, und nur ein Ziel vor Augen hatte: das Grab eines Gunther Assmann. Sie erschien wieder ganz in Schwarz, aber diesmal trug sie ein anderes Kleid. Die langen Ärmel waren durchsichtig und setzten ihre Transparenz bis zu ihrem gut geformten Dekolleté fort. Unglaublich, dachte er, sie zelebriert für ihren Liebsten unter der Erde eine Modenschau. Mein Sex gehört dir, auf ewig und über den Tod hinaus ...

Jetzt hatte sie den fremden Mann bemerkt, wandte den Blick aber gleich wieder ab. Wie sollte er sich ihr bloß nähern? Schließlich konnte er ja nicht fragen „Wen begießen Sie denn da gerade?". Er entschloss sich, seinen Platz zu verlassen und wieder hinter dem Rhododendron Stellung zu beziehen. Endlich sah er, wie sie wiederum die Hände über den Kopf hob, als leiste sie einen stillen Schwur.

Sie ging, und er folgte ihr, immer die Deckung der Büsche nutzend. Er schickte einen Dank nach oben, dass es so heiß war, denn jetzt ließ sie sich im Schatten eines Mäuerchens auf einer Bank nieder.

„Erlauben Sie?"

„Bitte." Sie sah ihn nicht an, als er sich an das andere Ende der Bank setzte.

„Sie kommen wohl öfter hierher ..."

Sie wandte ihm ihr Gesicht zu und blickte ihn aus großen blaugrauen Augen erstaunt an.

„Jeden Sonntag."

Am besten gleich zum Frontalangriff übergehen, dachte er.

„Darf ich mich vorstellen? Doktor Michael Steiner."

Er hatte es wohl charmant genug gemacht, denn jetzt lächelte sie sogar.

„Angela Assmann."

Mit ihren langbewimperten Schlafaugen sah sie ihn zum ersten Mal genauer an: Ein guttrainierter Typ von einsachtzig, das gelichtete Haar machte ein blond-grauer Kinnbart wett, die hellen Augen verengten sich immer wieder in freundlich blinkendem Humor.

Sympathisch, dachte sie.

„Ich komme einmal im Monat her. Meine Frau liegt dort hinten." Er machte eine unbestimmte Bewegung.

„Das tut mir Leid."

„Es passierte vor einem Jahr", fuhr er fort. „Meine Schwiegermutter hat den Tod meiner Frau verschuldet, aber es ist leider keine Sache für die Polizei."

„Also die eigene Mutter." Angela Assmann nahm sich eine Zigarette aus dem Etui. Während er ihr sofort Feuer reichte, hielt sie sich kurz an seiner Hand fest.

„Ja, die eigene Mutter." Michael Steiner stopfte seine Pfeife. Er zwinkerte ihr zu.

„Seit wann gehören Sie denn zur Raucherzunft?"

„Erst seit einem Jahr", sagte sie ernst. „Seit mein Mann gestorben ist."

Er blickte sie fragend an.

„Meinen Mann hat meine Schwiegermutter auf dem Gewissen. Seitdem gehe ich jeden Sonntag hierher. Ich bete an seinem Grab, dass sie ihre Strafe bekommt, aber ..."

Sie hatte wie zu sich selbst gesprochen. Jetzt schlug sie ihre großen Augen langsam auf und sah ihn voll an.

„Wissen Sie, wie das ist, wenn es keinen Ausgleich gibt, wenn man weiter und weiter unerlöst bleibt?" Ihre Hände verkrampften sich bis zum Schmerz. „Kennen Sie das Gefühl?"

„Ja, ich kenne es gut. Es ist Rache." Was für eine Frau, dachte er, verletzlich und schön, ein sinnlicher Engel, und sie und er hatten offenbar ein ähnliches Schicksal. Er spürte den sehnsüchtigen Wunsch, ihr zu helfen.

Abrupt stand sie auf. „Ich muss gehen."

„Sehen wir uns wieder?" Er war aufgesprungen.

„Vielleicht." Sie lächelte und ging davon, ohne sich noch einmal umzublicken.

Doktor Michael Steiner ließ sich in seinen Ledersessel fallen und goss sich einen spanischen Rotwein ein. Er atmete tief durch. Ja, diese Begegnung hatte ihn wirklich aufgewühlt. Er sah zu dem schwarz umflorten Foto auf der Konsole hinüber, aus dem ihn seine verstorbene Frau Christina mit ihrem zarten, schmalen Gesicht wie immer lieb anlächelte. Kannst du mir verzeihen, schien sein Blick zu fragen, wenn ich jetzt mein Leben nochmal neu beginne? Mit einer anderen zweiten Frau? Da Christina naturgemäß nichts antwortete, schlug er erst mal die Zeitung auf. Nein, das durfte doch nicht wahr sein! Seine Schwiegermutter – er nannte sie seit einem Jahr allerdings Ex-Schwiegermutter – gekürt zum bestangezogenen Seniorenmodel! Das Foto zeigte sie mit Champagnerglas in der Hand, umgeben von nicht übel aussehenden Herren. Die machte sich mit ihren 78 Jahren einen Lenz! Michael Steiner knüllte die Zeitung zusammen und ballte die Fäuste. Nein, er konnte nicht vergessen, solange nicht, bis diese Frau endlich unter der Erde war. Er, als Arzt, hatte sogar einen Psychologen aufgesucht, aber es hatte alles nicht geholfen. Immer wieder stiegen die furchtbaren Bilder von damals in ihm auf. Christina, mit zertrümmertem Schädel auf der Straße liegend, ihre Mutter bewusstlos über das Steuer gesackt. Das Auto, zusammengeknautscht zu einem unförmigen Blechgebilde. Wieder einmal hatte Christinas Mutter darauf bestanden, das Cabrio selbst zu lenken, obwohl ihre Sehkraft nicht mehr die beste war. Alt und behindert? Ich doch nicht, ich das schicke Werbemodel. Und so hatte sie den Sattelschlepper leider übersehen ... Seine Christina hatte den Crash nicht überlebt, die Schwiegermutter dagegen hatte sich nur ein Bein gebrochen.

Natürlich hatte er sie sofort aus der gemeinsamen Villa geworfen. Vor fünf Jahren, nach dem Tod ihres Mannes, war sie plötzlich mit fünfzehn Koffern bei ihnen aufgekreuzt, da sie doch jetzt nur noch „ihr Töchterchen" habe, und einfach geblieben. „Den Spinat macht man aber so!" und „Was hast du denn für eine unvorteilhafte Bluse an!" – das Drangsalieren der eigenen Tochter hatte kein Ende genommen. Manchmal traf er sie auf dem Supermarkt, und stets blickte er durch sie hindurch. Aber das reichte nicht. Sie musste sterben, damit er wieder leben konnte.

Die Montagsmühle lief auf vollen Touren, und nach der Sprechstunde startete Doktor Michael Steiner, Arzt für Allgemeinmedizin, zu seinen Hausbesuchen. Eine Nachbarin hatte angerufen, er möge dringend zu Käthe Assmann kommen. Er sah in den Computer: Käthe Assmann, Jahrgang 1922, Herzinsuffizienz. Sie war erst wenige Male bei ihm gewesen, eine dünne, etwas vogelartig aussehende Frau, er erinnerte sich nicht mehr genau ... Aber Assmann? Ob sie irgendetwas mit Angela zu tun hatte? Ja, in seinen Gedanken nannte er sie schon Angela, träumte sich mit ihr in gewagte Szenen hinein ...

Käthe Assmann lag mit gelbem Gesicht auf der Seite und ruckte, nach Luft schnappend, mit ihrem langen faltigen Hals in kurzen Abständen nach vorn. Die Nachbarin stand mit ängstlichen Augen am Fußende. Doktor Steiner nahm die laubtrockene Hand der Kranken.

„Na, dann erzählen Sie mir mal von Ihren Sorgen."

„Andauernd Schwindel ... krieg keine Luft mehr ... ständig bricht mir der Schweiß aus ..."

Doktor Steiner verpasste ihr eine Spritze und schrieb ein Rezept aus.

„Gleich wird es Ihnen besser gehen!"

Tatsächlich belebte sich die Alte und richtete sich auf. Doktor Steiner wies auf ein Foto auf dem Nachttisch.

„Sympathischer Mann! Ihr Sohn?"

Käthe Assmann kniff ihre schmalen Lippen zusammen.

„Lebt nicht mehr", stieß sie hervor.

„Und die Angela, die Schwiegertochter, hat sich davongemacht", setzte die Nachbarin nach. „Arbeitet als Schwester am Städtischen Krankenhaus, hilft aber der eigenen Schwiegermutter nicht."

Doktor Steiner hatte es plötzlich eilig und verabschiedete sich.

Angela Assmann ertappte sich dabei, dass sie sich auf den Sonntag freute. Das heißt, „freuen" war vielleicht zu viel gesagt, es war mehr eine prickelnde, erwartungsvolle Spannung. Dieser Doktor Michael Steiner hatte einen appetitlichen Sex, der ihr vielleicht guttun würde. Andererseits: Irgendwelche Gefühlsverwicklungen konnte sie jetzt wirklich nicht gebrauchen.

Er saß schon auf der Bank, als sie kam.

„Ich freue mich ja so!" Er sagte es auf eine intensive Art, die sie sofort erwärmte.

„Ich freue mich auch."

Diesmal registrierte er eine schwarze Spitzenbluse und einen schwarzen Schlitzrock. Ich muss sie unbedingt haben, dachte er, und wenn's nicht anders geht, sogar mit Trauschein.

„Konnten Sie etwas Frieden finden?", fragte er vorsichtig.

„Nein. Werde ich auch nicht. Nicht, solange diese Frau lebt."

Sie schwiegen. Dann zog sie ein Foto aus der Tasche.

„Das ist mein verstorbener Mann."

„Sehr sympathisch." Er sah in ein weiches, rundliches Gesicht, die braunen Augen blickten warm und offen, die Haut war gerötet. Bluthochdruck, dachte er.

„Er hatte Bluthochdruck“, sagte sie. „Aber erst, nachdem seine Mutter bei uns eingezogen war. Als ihr Mann tot war, haben es alle Geschwister abgelehnt, sie aufzunehmen. Und so blieb sie an uns, das heißt, an Gunther hängen.“

Angela Assmann griff nach einer Zigarette und klappte das Etui zu, als wolle sie das Gespräch beenden.

„Und man konnte schwer mit ihr leben ...“, versuchte er es.

„Sie war – sie ist eine Teufelin!“

Michael Steiner legte unmerklich den Arm um ihre Schulter.

„Mein Mann musste sie bekochen, sie baden, nachts jagte sie ihn hoch, damit er ihr ein Glas Wasser bringt. Und wenn er nicht sofort spurte, warf sie ihre Pantinen nach ihm, schlug ihn mit Fäusten, kratzte ihn blutig ...“

Angela atmete tief durch, und Michael Steiner umfasste sie fester.

„Ach, nein, das könne sie nicht, und das auch nicht, wo sie doch so schwer herzkrank sei ... Ja, und eines Tages passierte es dann. Sie geiferte so schlimm, dass mein Mann in eine Raserei geriet und ihr die Banane, die er gerade aß, in den Mund stopfte. Aber die Alte spuckte ihn damit sofort wieder an, er schrie und sackte dann urplötzlich zusammen ...“

„Er war tot.“ Michael Steiner ergriff ihre Hand.

„Ja, Herzversagen." Sie schloss erschöpft die Augen.
„Ich muss Ihnen etwas sagen, Angela. Ihre Schwie –, ich meine: Käthe Assmann ist eine Patientin von mir."
Sie sah ihn ungläubig an. Dann erzählte er ihr, wie er seine Frau Christina verloren hatte.
Angela strich sanft über seine Hand.
„Sie haben Ihren Frieden auch noch nicht gefunden."

Einige Treffen später landeten sie erwartungsgemäß im Bett. Angela genoss und erwiderte seine aufmerksame Leidenschaft, die Michael Steiner kurz darauf mit einem ersten Heiratsantrag krönte. Er wurde wie die folgenden mit Bedauern, aber entschieden abgewiesen.
„Mischa, du musst mir Zeit lassen. Erst wenn *sie* tot ist, kann ich wieder neu anfangen."
„Aber wir haben doch schon neu angefangen."
„Ich meine heiraten. Ich habe da auch einen Schwur getan ..."
„Du musst deinen Mann sehr lieben." Michael Steiners Stimme klang jetzt hoffnungslos.
„Ja."

Man sollte sie alle umbringen, dachte Angela, als sie ihren Dienst antrat. Die mit dem Po, der wie ein nasser Lappen herunterhing, die mit dem ständig klackenden Gebiss, die Schleimabsonderin mit den knotigen Händen ... alle! Wie viel erfreulicher war es doch gewesen, mit etwas so Edlem und Vollkommenem wie Porzellan umzugehen. Ah, wieder ein Neuzugang! Na, wie sah die denn aus? Das Gesicht ein reines Faltennetz, aber blutrote Lippen und lila Lidschatten. Erika Bartels, 78 Jahre, Oberschenkelhalsbruch. Erika Bartels? Mein Gott, das war ja Michaels Schwiegermutter.

Am Abend erzählte sie es ihm.

„Da tust du mir jetzt schon Leid. Miss Tausendschön wird dich scheuchen ohne Ende." Michael Steiner drückte die Hände gegen die Schläfen, als verspüre er einen Schmerz. „Und jetzt lass uns bitte nie wieder von dieser Frau sprechen."

Doktor Steiner machte sich wieder einmal auf den Weg zu seiner Herzpatientin Käthe Assmann. Fast jeden Nachmittag schaute er inzwischen bei ihr rein. Eigentlich war eine Einweisung ins Krankenhaus fällig, aber die Kranke sträubte sich starrsinnig.

„Nein, Herr Doktor, ich will nur Sie um mich haben!"

Er blickte auf sie hinunter: auf die Nase, die über den Mund hing, die braunen Placken im Gesicht, den vogelartigen Kopf, der auf einem langen faltigen Hals ständig nach vorn ruckte. Keifig drang ihre Stimme in sein Ohr.

Angela hatte Recht. Diese Frau war wirklich widerlich. Hatte ihren eigenen Sohn getötet und seiner Angie das Liebste genommen.

Eigentlich war es doch ganz einfach. Dasselbe Mittel – Digitoxin – in einer Überdosis. Wie von selbst bereiteten seine Hände die tödliche Injektion vor. In wenigen Stunden würde Angela befreit sein und ihn endlich heiraten. Für die Hochzeitsreise würden sie weit davonfliegen, in die Karibik vielleicht. Ja, was er jetzt tat, war ein echter Liebesdienst!

„So, und nun bekommen Sie Ihre Spritze. Auf Wiedersehen, Frau Assmann!“

Das Wiedersehen erfolgte wenig später – mit einer Toten. Die Angehörigen hatten ihn gerufen, und ihm blieben nur bedauernde Worte – „Ja, das Herz war sehr schwach“ – und die Aufgabe, die Todesbescheinigung auf „Herzversagen“ auszustellen.

Doktor Steiner teilte seiner Angela die frohe Botschaft am Telefon mit. In ihre schönen blaugrauen Augen würde er ihr später schauen.

„Wirklich? Das ist wirklich wahr?“, rief Angela. „Ich glaube es aber erst, wenn ich die Todesanzeige gesehen habe.“

Angela saß mit den Schwestern in der Kaffeepause und zündete sich hektisch eine Zigarette an. Fast wäre sie hysterisch explodiert. Was für ein Zufall! Eben war auf ihrer Station Erika Bartels, Michaels

Schwiegermutter, gestorben. Minuten danach war sein Anruf gekommen.

Schwester Dorthe hatte die Zeitung aufgeschlagen. „Hört doch mal, hier: *Patiententötungen. Wie Ärzte und Pfleger nachhelfen.* Was sagt ihr denn dazu?"

„Ja, das kommt vor", bemerkte jemand gleichmütig.

„Todesengel gibt es auf mehr Stationen, als man denkt", äußerte eine andere Schwester.

Angela rauchte hastiger. „Glaub' ich auch", stimmte sie zu. „Und die meisten Tötungen bleiben sogar unentdeckt."

„Das wäre ja Mord!" Dorthe schüttelte sich. „Gut, dass es sowas bei uns nicht gibt."

Na ja, 'Mord' ist ein starkes Wort, dachte Angela. Dass ich Erika Bartels beseitigt habe, ist doch eher ein Liebesdienst gewesen. Ein Liebesdienst für meinen Mischa. Die Hexe hatte ihre eigene Tochter getötet und Mischa das Liebste genommen. Jetzt würde er von seinem Trauma geheilt werden.

„Schwester, wo bleiben Sie denn?", hatte Erika Bartels wieder mal geschrien. „Ich halte diese Schmerzen nicht mehr aus! Jetzt geben Sie mir sofort eine Spritze, oder ich beschwere mich beim Chefarzt!"

Oberschenkelhalsbruch war zwar nicht von Pappe, aber was die Alte hier aufführte ... Statt einer Schmerzspritze zog Angela eine Kaliumchlorid-Spritze auf. Der Tod kam schnell: Herz-Kreislauf-Versagen. Mit bestürzter Miene rief Angela den nächstbesten Pfleger ans Bett, als müsse er das Natürliche dieses Todes bezeugen. Kurz darauf erschien ein Arzt.

„Exitus!", sagte der Arzt.

Der Himmel strahlte. Angela und Michael saßen im „Sommergarten" an der Alster und prosteten sich mit Champagner zu. Vor ihnen auf dem Korbtisch lag die Todesanzeige mit Käthe Assmann.

„Nun glaube ich dir!", jubelte Angela. „Wir sind wirklich Glückskinder!"

„Ja, das Schicksal meint es gut mit uns", bestätigte Michael. „Zwei Menschen, die nur Leid über andere brachten, sind tot. Meine liebe Angie" – der Doktor straffte sich – „willst du meine Frau werden?"

Angela küsste ihn. Dann hauchte sie ihm das lang ersehnte „Ja" entgegen.

Beide hatten sich für die Hochzeitsreise auf die Karibik geeinigt. Während sie selig über den Wolken schwebten, war unten auf der Erde der „nächstbeste Pfleger" aktiv geworden. Diese Angela, diese sinnliche Sumpfblüte, die früher Porzellan verkauft hatte und nun mit falschem Lächeln Kranke versorgte, war ihm schon länger suspekt gewesen. So konnte er nur noch einen triumphierenden Pfiff loslassen, als er nach dem Vorfall mit Erika Bartels in Angelas Müll eine angebrochene Packung Kalium-Chlorid fand ...

Die Polizei stand schon am Flughafen von Santo
Domingo bereit, doch man wartete vergebens. Über
dem Atlantik war das Flugzeug in einen Hurrikan
geraten und abgestürzt. Die Leichen wurden nie
gefunden.

ROTWEIN-KUR MIT FOLGEN

Badenweiler

Eigentlich hätte sie längst tot sein müssen. Nicht, dass ich da was gemacht hätte. Eher habe ich nichts gemacht. Neulich zum Beispiel, da hatte sie wieder einen ihrer unerklärlichen Ohnmachtsanfälle. Sie hat einen Schrei ausgestoßen, ich kann nur sagen: tierisch! Wie unter einem Angriff, ihr glutrot bemalter Mund hat geschnappt und geschnappt und ... Nein, ich habe *nicht* die Rettung gerufen. Schade, sie hat sich zurückgeschnappt ins Leben. Und so warte ich, geduldig und hoffnungsfroh. Cora, meine Erbtante, ist zweiundsiebzig.

Cora hat nur mich, und ich hab' nur sie. Keine Verwandten, die mir noch in die Quere kommen könnten. Nur wir beide: sie, die reiche, lustige Witwe, und ich, die arme, nicht ganz so lustige Waise. Blut ist dicker als Wasser, Blut, das bindet doch, sagt man. Gilt das auch, wie in meinem Fall, für Herrin-Sklavin-Verhältnisse? Nein, da hört der Familienspaß auf. Meine Zukunft stelle ich mir anders vor. Wohlhabend und mit einem Mann an meiner Seite. Ich sehe zwar nicht gut aus, bin aber immerhin erst frische vierzig.

Über meine Eltern ist nicht viel zu sagen. Kleingeistige, finanziell dürftig gestellte Leute, mit einem Einzelkind, das sie nicht gewollt hatten. Aus sicherer

Quelle weiß ich, dass meine mit mir schwangere Mutter schon im Zug nach Holland saß, um dort die unerwünschte Leibesfrucht abzustoßen, dann aber unterwegs ausgestiegen und zurückgekehrt ist nach Northeim. Sie war katholisch. Ich hab mal kurz in einem Radiogeschäft gearbeitet. Sie wollten aber, dass ich bei ihnen zu Hause bleibe. Jedenfalls habe ich als pflichtschuldige Tochter erst Vater, dann Mutter zu Tode – ähm – bis zu ihrem Tode gepflegt. Danach nahm mich Tante Cora auf.

Die Tante und ich wohnen jetzt in Badenweiler, dem „eleganten Kurort" inmitten „sonnenverwöhnter Weinberge", wie es im Prospekt so schön heißt. Markgräfler Land nennt sich die Gegend, und die Weine sollen „erlesen" sein. Wir wohnen also hier oder besser gesagt: Wir residieren. Als Dauermieter im Grandhotel „Römerbad". Die Römer sind ja vor Urzeiten bis in dieses Gebiet vorgedrungen und haben eine Menge Schutt hinterlassen. Cora hat mich gleich zu der gläsern überdachten Thermalruine geschleppt, und wie immer fing sie sofort damit an, mir Bildung einzutrichtern, sie ist ja pensionierte Studienrätin. Und plötzlich wäre sie doch fast lang hingeschlagen, diese zerborstenen Steine sind wirklich tückisch. Aber es ist noch mal alles gut gegangen. Leider, muss ich hinzufügen.

Nun zu dem Grandhotel. Es sieht wie ein Schlösschen aus, mit einem Türmchen, Säulen und Balustraden.

„Kultur pur", schwärmt Tante Cora, als wir drinnen den theaterroten Teppich betreten. „Ist dieser Prunksaal nicht einmalig?"

„Nicht schlecht", gebe ich zu, und mein Blick wandert hoch hinauf, über die Achteck-Galerien bis zu der lichten Kuppel.

„Das Hotel gibt's schon seit 1825. Dieser fürstliche Saal" – Cora zeigt mit sahphirberingter Hand nach oben – „war einst ein Innenhof. Berühmte Musikkünstler sind hier aufgetreten. Sogar der Richard Tauber – "

„Wer?"

„Der Sänger. Der Tenor." Cora schüttelt bekümmert den Kopf. „Wir müssen noch stark an dir arbeiten."
Die Tante meint, dass „Gesellschafterin" doch etwas sehr Angenehmes sei. Ich nenne es Leibeigenschaft. Morgens pünktlich um halb neun muss ich in ihrer Suite erscheinen, die Heizung temperieren, Bettjäckchen und TV-Bedienung reichen. Dann das vor der Tür wartende Frühstückstablett hereinholen. Immer mit Mango. Einmal fehlte die, da war aber der Teufel los! Ich bin durchs Hotel gerast, hin zur Rezeption, doch es tat sich nichts, wieder hin, bis diese Mango endlich, zwei Stunden später, auf ihrem Teller lag.

Aber das Schlimmste: Ich soll immer und immer bei ihr sein, dann wieder wedelt sie mich weg wie ein Insekt. Das Badezimmer hat sie sich komplett umbauen lassen – ja, so etwas tun die für vermögende Dauergäste –, da ist jetzt ein Whirlpool drin. Wahrscheinlich will sie in dem Ding mit einem Mann herumplanschen.

Cora ist definitiv schöner als ich. Wozu allerdings nicht viel gehört.

„Man kann sich nie erinnern, was für eine Haarfarbe du eigentlich hast", sagt Cora immer.

Die Tante hat weißblondes Wellenhaar, natürlich hochprozentig gefärbt, die Figur schon leicht zerfließend, aber geschmackvoll umspielt von Seidenstoffen. Die Augen sitzen ihr wie zwei große blaue Steine im Gesicht. Selbiges ist schon drei Mal geliftet worden, vom großen Dr. Mang, und soll jetzt angeblich bis zum Ende halten. Kann sogar hinkommen. Diese Ohnmachtsanfälle ...

Ja, Cora ist bestens ausgestattet. In jeder Hinsicht. Sie lauert hier wie eine dicke sinnliche Kröte und wartet auf Männer. Und die beißen an, saugen sich förmlich an ihr fest. Vor allem Gourmet-Typen fahren auf Cora ab. Weil sie Slow-Food-mäßig zu schlemmen versteht und auf den Weinen kaut, als wolle sie diese gar nicht mehr aus dem Mund lassen. Bei den ersten Essen bin ich als Anstandspuffer gewöhnlich dabei und kann die Flirttemperatur schon

mal genauer abchecken. Könnte ja sein, dass ich erb-
mäßig Konkurrenz bekomme. Nach ein paar Schlu-
cken läuft es fast immer ähnlich ab: „Charakter-
stark", „ein voller Körper", „raffiniert bis frivol"
werfen sie sich kennerisch zu und zwinkern zwei-
deutig. Als wären Weine Menschen. Zum Glück hat
es sich meistens schnell ausgegessen und -getrun-
ken.

Mit zwei Gourmet-Männern ist es jedoch bis zum
Äußersten gekommen – es fiel das Wort „Heirat".
Da musste ich natürlich einschreiten. Ich meine, es
ist ja schon übel genug, dass ich auf mein Erbe so
unzumutbar lange warten muss. Aber wegnehmen
lassen? Von einem Mann? Nicht mit mir. Dem rhei-
nischen Industriellen habe ich gesagt, dass Tante Cora MS habe, immer schnellere Schübe, geradezu ga-
loppierend. Er floh aus dem Hotel. Dem hanseati-
schen Reeder habe ich erzählt, dass meine Tante vor
der Zwangsversteigerung stehe. Er ließ ausrichten,
er habe einen überraschenden Geschäftstermin in
Papenburg.

Gestern haben wir – hat Cora – Richard Thalmann
kennen gelernt. Auf den ersten Blick ein Mann mit
Teddybär-Charme, gerundeter Bauch, das graue
Resthaar kompensiert durch einen Schnauzer. Wieder der Gourmet-Typ und sofort auf Cora fixiert.
Aber auch für mich, nach Taxierblick auf meine Figur, fiel Schmeichelndes ab („Sie müssen sehr, sehr

sportlich sein"). Mit seiner treuherzigen Verschmitztheit schaffte er es, Cora zu einem Treffen zu überreden, inklusive Nichte natürlich. Zur Weinprobe im „urigen Gewölbekeller" des Hauses.

Wir sitzen an Holztischen vor felsigen Wänden, und es beginnt das übliche Spiel.

„Lebhaft, mit vollem Körper." Richard Thalmann sieht meiner Tante in die Augen und schmeckt mit dicken Lippen einen Spätburgunder durch.

„Elegant und anregend", kontert Cora.

„Mir gefällt der Laufener." Ich spitze meine eher schmalen Lippen. „Perlend frisch und geistreich. Ein außerordentlicher Jahrgang."

Thalmann greift zu einem Stück Flammkuchen. „Ihre Nichte scheint sich aber auch gut auszukennen."

Wenn der wüsste, dass ich gerade die Wein-Prospekte der Anbieter konsumiert habe ...

„Dank *meiner* Nachhilfe", bläht Cora sich auf. „Früher hat sie Amselfelder mit Schraubverschluss gekauft. Dabei ist Wein doch ein Stück Kultur."

„Wie Recht Sie haben. Ich sage immer: Zum Feinschmecker gehört auch der Feintrinker."

Der aktuelle Feintrinker kommt aus Hamburg und ist Verleger. Diesmal läuft alles raketenschnell. Alarmzeichen eins: Sie sind bereits bei „Ritchie" und „Coraschatz". Alarmzeichen zwei: Jedes Mal, wenn er der Tante Rosen schenkt – also täglich – , gibt's auch für mich ein paar Stück. Aber diese Masche wird nicht greifen. Ich überlege, ob ich Cora AIDS andichte. Oder einen künstlichen Darmausgang. Doch das ist riskant. Siehe Alarmzeichen drei: Heute war mein Morgendienst gestrichen, und so muss ich wohl davon ausgehen, dass sie sich in dem breiten Louis-Seize-Bett bereits in allen Details erkundet haben.

In meiner Suite habe ich eine ganze Batterie Spätburgunder gebunkert. Abends kaue ich auf dem Roten herum – nein, nicht wegen des „beerig eleganten" Geschmacks und der „saftigen Fruchtfülle", sondern nur so zum Nachdenken –, aber mir fällt partout nicht ein, wie sich der Thalmann entsorgen ließe.

Am nächsten Tag sitzen wir drei beim Mittagsmenü, direkt vor den Panoramafenstern, wo man bis zu den Vogesen schauen kann, und da fangen sie von Literatur an. Es gab ja in Badenweiler eine „Künstlerkolonie", der Tschechow und der Hermann Hesse haben hier gekurt, und andere Schriftsteller – Moment, ich muss das nachschlagen – ja, eine Annette Kolb und ein René Schickele, die haben sogar hier gewohnt.

„Kultur pur", trompetet die Tante. „Ist das nicht wunderbar? Übrigens, mein lieber Ritchie: Ich schreibe auch."

Sie macht eine bedeutungsschwere Pause, sieht ihn vibrierend an.

„Wirklich? Erzähl, Coraschatz. Was schreibst du denn so?“

„Hundegeschichten. Genauer gesagt: Terriergeschichten. Püppi, mein verstorbener Hund, war ein Terrier. Vielleicht kannst du in deinem Verlag – “

„Ah, ja, klingt spannend.“ Ritchie versenkt seine Nase in einem süffigen weißen Gutedel. „Aber meinst du, dass du im Umfeld meiner Fachbücher – *Moderne Kantinenkost*, *Lebensmittelrecht* und so weiter – den dir angemessenen Platz findest?“

„Aber ja!“ Cora schlägt blauschwarz getuschte Wimpern auf und nieder. „Du bist Verleger, Ritchie, das ist doch großartig.“

„Also, gut, mein Coraschatz. Immerhin habe ich so gleich ein respektables Hochzeitsgeschenk für dich. Brillanten stehen dir zwar gut, aber du hast schon so viele ...“

Heirat! Das ist jetzt ein echter Notstand. Bisher habe ich noch nie jemanden ermordet. Zu Hilfe! Wie gehe ich das an? Ich muss mit ihm allein sein ...

„Aber er ist drei Mal geschieden, Tante Cora!“ Ich starte einen letzten Abwehrversuch.

„Lieber drei Mal geschieden als nie geheiratet“, erwidert sie zickenspitz.

Heute hat Cora ihren Ayurveda-Tag, lässt sich in der hoteleigenen Wellness-Katakombe vierhändig das wabbelige Körperfett bewegen. In der Suite wird wie gewohnt ihr Richard auf sie warten. Ich schwebe mit dem Fahrstuhl ins Tiefparterre und erscheine zu ihren weiteren Anweisungen.

Sie ruht auf einer Liege, die Kopfölung steht noch bevor. „Sag Richard, ich bin in 30 Minuten oben."

„Wird gemacht, Tante."

Ich schwebe aufwärts, öffne mit meinem Zweitschlüssel lautlos die Tür zu ihrer Suite. „Richard?"

Aus der Badelandschaft dringen Wasserspiele an mein Ohr. Sitzt Ritchie schon wieder in der Blubberwanne? Leise stoße ich die Tür auf.

„Oh!" Der Planscher im Whirlpool löst sich erschreckt aus der Umarmung einer Champagnerflasche. Kurze Verblüffung, dann schiebt er bereits ein munteres „Hoho!" hinterher. Schon fast bis unter die Gürtellinie reckt er seinen klopsigen Körper aus dem Wasser. „Komm doch mit rein, Gesine!"

„Ja, warum nicht?" Wie ferngesteuert folge ich einer blitzhaften Eingebung. „Cora lässt dir übrigens ausrichten, dass ihre Behandlung noch eine volle Stunde dauert."

„Worauf wartest du dann? Hinein mit dir!" Richard schickt mir begeistert ein paar Spritzer entgegen.

„Keine Sorge, ich hole nur noch was."

„Brauchst du doch nicht, Gesine."

Lüstern glotzt er mich an. Er denkt wohl, ich spreche vom Badeanzug. Ich stürze in meine Suite, werfe alle Kleidung ab, nur meine wasserfeste Uhr bleibt dran.

Mit halb geöffnetem Bademantel und zwei Rotweinen aus meinem Schrankversteck trete ich vor ihn an den Whirlpool, lasse die Flaschen vor Brüsten und Schenkeln kreisen. „Wir machen eine Burgunder-Wellness-Kur – wie findest du das?"

Ich lasse meine einzige Hülle fallen. Der Mann hat Recht: Ich bin „sehr, sehr sportlich" und kann mich einer gestylten Figur erfreuen. In lasziver Gemächlichkeit postiere ich Gläser und Korkenzieher auf dem Poolrand, bevor ich hautnah neben ihn gleite. Endlich schrumpft sein Scheinwerfer-Blick auf Normalmaß zurück. „Gute Idee", murmelt er.

Zitterig schenkt er ein. „Zum Wohl!", rufe ich und schramme mein Glas an seins. Erstes Weinrot ergießt sich ins Wasser und auf die Fliesen. Richard schaut den Flecken hinterher.

„Das wird ein Weinbad", juchze ich. „Vitamine, Enzyme – der Burgunder muss in alle Poren dringen."

Noch zwanzig Minuten, bis Cora kommt.

Beflügelt von meinem Plan, kippe ich den Inhalt meines Glases ins Gesprudel.

„Oh, Gesine! Was tust du? Dafür ist der Wein doch viel zu schade. Ich glaub, ich füll mir noch mal richtig nach."

„Auf deine Gesundheit, Richard!" Ich nippe am Roten und bemerke mit Seitenblick, wie er trinkt und trinkt und gierig den letzten Tropfen schlürft. Die erste Flasche ist leer.

Noch zwölf Minuten, bis Cora kommt.

„Ist das nicht ein herrlicher Jungbrunnen?" Ich breite meine Arme aus, wölbe genießerisch den Busen hoch. „Anti-Aging at it's best!"

Langsam befeuchte ich meine Lippen, lasse den Wein über meine Haut rinnen. „Hmm." Ich beschlecke meinen Unterarm.

„Hmm", echot Richard. Wie ein Hypnotisierter platziert er einen Feuchtschmatz auf meiner Schulter.

Noch sechs Minuten, bis Cora kommt.

Jetzt bin ich dran, kompletter Körpereinsatz ist gefragt. Wie praktisch, dass ich nicht prüde bin. „Du musst dich aufheben", hat Mutter immer gesagt. „Für deinen Bräutigam." Auf solche fernen Zeiten wollte ich dann doch nicht warten.

Mein Begehrer zeigt bereits schwankende Zeichen der Trunkenheit. „Komm, komm!", umgarne ich ihn, etwa so, wie Elisabeth Wiedemann Ekel Alfred zum Tango lockt.

„Lecker, lecker", lallt er und schnappt nach Trauben anderer Art, nach den meinen, die genau genommen eher Äpfeln gleichen.

„Wie vital du bist", gurre ich. „Das macht die Burgunder-Wellness-Kur." Ich winde mich unter und über ihm.

Noch eine Minute. Vom Schlafzimmer nimmt mein Feingehör leichte, räumende Geräusche wahr.

„Fang mich!", rufe ich Richard zu, und tatsächlich glitscht er mit mir aus dem Pool, folgt wie ein tropfender Kloß und drückt mich gegen die Fliesenwand.

Als wir uns ebenso nass wie nackt ineinander verkeilt haben, geht die Tür auf. Cora. Gelungenes Timing, gratuliere ich mir innerlich.

„Es ist nicht so, wie du denkst", stammele ich gekonnt.

„Coraschatz, es ist nicht so, wie du denkst", variiert Richard Thalmann wenig einfallsreich.

Im Bademantel, das rote Ayurveda-Gesicht stetig röter anlaufend, steht Cora vor uns. Eine Rachegöttin in Weiß, die mit jeder Sekunde zu wachsen scheint.

„Raus!" Sie macht einen Schritt zu Richard. Der hat sich schon niedergekrümmt und ein Handtuch erwischt. „Raus!", wiederholt sie in einem zischenden Brüllen. „Und komm mir nie wieder unter die Augen!"

Thalmann ist schon aus dem Bad gekrochen, als die Tante eine Hand an die Stirn legt und taumelnd auf den Korbsessel sinkt. „Anfall", presst sie hervor.

„Du hyperventilierst", stelle ich fest. „Moment, ich hole die Tüte."

Das hat ihr bisher geholfen: Plastiktüte über den Kopf, um den erniedrigten Kohlendioxid-Spiegel wieder anzuheben.

Am Kinn schließe ich die Tüte. Plötzlich ein Erschlaffen, Cora sinkt tiefer in sich zusammen. Kein Schrei diesmal. Ich ziehe ihr die Tüte vom Kopf.
Tante Cora ist tot. Ich weiß nicht, warum ich die Plastiktüte auf Nimmerwiederfinden verschwinden lasse.
Das Erbe geht zu neunzig Prozent an eine Terrier-Stiftung, der Rest an mich. Die Tante schreibt: „Möge dir meine Zuwendung helfen, dich endlich auf eigene Füße zu stellen."

SCHWERES GEPÄCK
Sylt

Der Hass trieb sie nach Norden. Von Hamburg nach Sylt. Dort würde sie ihn stellen. In der „Akademie am Meer" in Klappholttal gab er auch diesen Sommer seinen Kurs über die „Heilkraft der Steine".
Sie sah sie vor sich, die Weiber, die sich an seinen gebräunten, sehnigen Körper drängten, es kaum erwarten konnten, dass er ihnen einen Malachit oder Rosenquarz auf die mehr oder weniger verwelkten Dekolletés legte. Natürlich zu rein medizinischen Zwecken. Sie war ja selbst so ein dumm beseligtes Weib gewesen, als sie auf seine esoterische Berührungsmasche hereingefallen und ihm auf sein Zimmer gefolgt war. Ein Jahr war das nun her.
Jetzt saß sie in der Nord-Ostsee-Bahn und rollte Westerland entgegen. Grünes Weideland flog vorüber, doch sie nahm es nicht wahr. Sie hörte nach innen, auf dieses „Hass, Hass, Hass", das im Takt der Waggons mit ihr vorwärts schwang. Sie hatte keine Wahl. Liebe will sich erfüllen, und Hass will sich erfüllen. Wie ein Orgasmus, dachte sie. Berauschend und nicht mehr aufzuhalten.
Diesmal hatte sie drei Gepäckstücke dabei, nicht nur wie sonst Handtasche und Rollkoffer. Sie hielt die kastenförmige Kunststoff-Tasche auf ihrem Schoß, wickelte die Gurte um ihr Handgelenk. Keine Se-

kunde würde sie ihre Last allein lassen. Beim Kauf hatte sie überlegt, in welcher Farbe sie die Tasche wählen sollte. Sie mochte Pink. Aber angesichts der Tragödie konnte es natürlich nur Schwarz sein. Ein tiefes, nicht mehr steigerbares Schwarz.

Ankunft Westerland. Auf dem Bahnsteig schlug ihr Hitze auf den Kopf, Augustlicht fiel ihr blendend in die Augen. Im Laufschritt zog sie ihr Gepäck zum Ausgang. Ach, der alte, kleine Bahnhof, auf dem Vorplatz begrüßten giftgrüne Skulpturen die Touristen. Schnell zum Taxistand. Nein, die große Tasche nicht in den Kofferraum, sagte sie dem Fahrer. Gut, dass er ein Schweiger war. Ihre Abwehr funktionierte wohl: Sonnenbrille à la Victoria Beckham, die weißblond gesträhnten Haare ein schützender Vorhang.

Rund zwölf Kilometer bis Klappholttal, auf der Straße nach Norden. „Ihr" Sylt begann erst hinter Kampen: Links, besäumt von Heidekraut, die wellig weißen Dünen, rechts das schlickige Grau des Wattenmeeres. Sie würde das alles noch auskosten. Später. Danach. Wenn getan war, was getan werden musste. Das Taxi bog zu einem Privatweg ab. Ihr Herz begann zu hämmern – gleich würde sie ihm gegenüberstehen. Die Akademie lag vor ihr. Einfache Häuschen mit braunem Dach – es sollten an die achtzig sein – duckten sich ins Buschwerk eines sandigen Tals. Klappholttal. Sie hatte darüber gelesen:

Mitte des 19. Jahrhunderts, beim Aufforsten gegen den Sandflug, pflegte der Wind das Unterholz zum Klappern zu bringen. Die Akademie war 1919 als Volkshochschule gegründet worden.

Sie hielten vor dem Verwaltungsgebäude, und sie rollte ihr Gepäck zum Empfang. Eine freundliche junge Frau mit roter Kugelkette überreichte ihr Schlüssel und Lageplan. Über Treppenwege fand sie den Weg zu ihrem Häuschen. Bett, Tisch, Schrank – schlicht in Kiefernholz. Wohin mit der Tasche?, überlegte sie. Erst mal in den Schrank. Draußen glühte Mittagshitze. Aber sie musste sich nicht sorgen. Die Kühltasche versprach eine „einzigartige Isolierleistung".

Sie wählte das signalrote Kleid mit den angeschnittenen Ärmeln. Noch zwanzig Minuten bis Kursbeginn. Sie schaute in den Spiegel. Für ihre zweiundvierzig Jahre, fand sie, war optisch alles noch passabel. „Barockengel zum Anbeißen" hatte einer ihrer Liebhaber sie genannt. Die dunklen Halbmonde unter den Augen störten natürlich. Auch daran war letztlich ER schuld.

Er. Ro-ber-to. Eigentlich Uwe Burmeister. Als sie den Seminarraum betrat, war er schon da. Im weißen Medizinlook, die blonden Haare auf künstlerische Kinnlänge geschnitten, ragte er aus einer Gruppe spätherbstlicher, in Leinen gewandeter Damen heraus. Zu viel Sonnenbräune. Er wirkte älter als achtunddreißig.

Und nun erkannte er sie. Während er auf sie zueilte, bemerkte sie befriedigt, dass er sein Erschrecken kaum verbergen konnte.

„Nina! Was machst du denn hier?"

„Hab mich zu deinem Kurs angemeldet."

„Das ist ja – schön. Aber du stehst gar nicht auf meiner Liste."

„Ich bin die Anne Lüdecke."

„Ach so, die. Das ist ja clever von dir." Er lachte angestrengt. „Dann nimm doch Platz, bitte."

Und es ging los. Kosmische Schwingungen. Tierkreiszeichen. Yin- und Yang-Steine. Die Damen durften ihre Beschwerden nennen: Rheuma, Bronchitis, Knieschmerzen. Für jede Krankheit der passende Stein.

„Und was hilft gegen seelische Verletzungen?" Sie fixierte ihn, die Erinnerung ließ ihre Stimme zittern.

„Der Amethyst!" Schnell hatte er sich gefasst. Er kam zu ihr herüber und hielt den violetten Stein an ihre Stirn. „Der Amethyst zieht das Leid an und auf sich."

Sie schloss die Augen und legte ihre Hand auf die seine. Was sie erwartet hatte, geschah: Nach der Sitzung bat er sie zu bleiben.

„Nina, du siehst hinreißend aus. Bist du mir noch böse?"

„Nein. Es war ja meine Sache." Es kostete sie Mühe, ihm nicht ins Gesicht zu schlagen.

„Dann lass uns doch heute Abend einen Strandspaziergang machen. 20 Uhr?"

„Einverstanden. Und mit einem Wiedersehensschluck in den Dünen. Ich hab eine Flasche Champagner dabei."

Sie beschloss, zunächst ihre Umgebung zu durchstreifen, stieg über bewachsene hügelige Wege an den verstreut liegenden Häuschen vorbei. Dieses Tal war ein Stück unbekanntes Sylt, ein Geheimtipp für Leute, die in Ayurveda, Aquarellmalen oder nächtlichen Tänzen sich selbst suchten. Oder sich anspruchsvolle Seminare über Politik und Gesellschaft gönnten. Sie aber war nicht für einen Ego-Trip hierher gekommen.

„Willst du mich zu einem Picknick einladen?" Roberto schaute animiert auf die schwarze Tasche hinunter.

„Warte es nur ab. – Nein, die trage ich selbst." Ihre Hände umkrampften die Gurte. Sie stapfte mit ihm die Dünen hinauf, an einer Sandkuhle machte sie Halt und breitete die mitgebrachte Decke aus. Unter ihnen brandete das Meer.

„Der Champagner?" Er deutete auf die Tasche.

„Den genießen wir später." Sie strich ihm über den Unterarm. „Jetzt genieß' ich erst mal dich."

Ein kurzes Zögern, dann zog er sie an sich. Unbekümmert und gierig, dachte sie, nichts hatte sich geändert. Ihre Hände erwiderten das Spiel, trieben es bis zum Äußersten. Es war eine Legende, dass Frauen für Sex immer Liebe brauchten. Sie brauchte nur ihren Hass.

„Jetzt könnte ich einen Schluck vertragen." Offensichtlich gesättigt löste er sich von ihr.

„Dann mach die Tasche auf!"

Sie hörte das helle, scharfe Geräusch sich öffnender Reißverschlüsse und betrachtete kalt, wie seine Augen sich plötzlich weiteten.

„Igitt – was ist das denn?" Er wich zurück, starrte auf den blutig verkrusteten Klumpen in der Kühlbox.

„Unser Kind. Siehst du nicht den Kopf, die Ärmchen und Beinchen?"

Kurz schien es, als wolle er flüchten. Dann wandte er sich schroff zu ihr um. „Was bedeutet das? Ich denke, du hast es wegmachen lassen."

„Ja, ich habe es abtreiben lassen." Sie erzählte ihm alles. Das war ja wohl das Mindeste, dass er sich anhörte, was sie durchlitten hatte.

Wie hatte er es damals ausgedrückt? „Wenn du es wagst, mir dein Balg anzudrehen, siehst du keinen Cent von mir."

Sie erinnerte sich: Tränen. Dann wieder erwartungsvolle Freude. Tränen. Hoffnung. Entschlusslos hatte sie die Zeit verstreichen lassen. Erneut Verzweiflung über die deutlich sichtbare Wölbung ihres Bauches.

„Roberto steht nicht zu mir. Ich kann das Kind nicht behalten", hatte sie zu ihrer Freundin Luisa gesagt. Eigentlich war es für eine Abtreibung schon zu spät gewesen. Aber die Freundin hatte Rat gewusst, ihr ihren eigenen Frauenarzt empfohlen. Von dem, hatte Luisa gesagt, habe sie ein Seitensprung-Baby erwartet und der habe die Störung praktischerweise gleich selbst beseitigt.

Es war die richtige Adresse gewesen. Und so hatte der ausreichend skrupellose Mediziner auch nicht gezögert, ihr eine ungewöhnliche Bitte zu erfüllen: ihr nach der Abtreibung – gegen Geld, versteht sich – das ausgeschabte Wesen zu überlassen.

„Und nun will ich mich mit dir zusammen von unserem Kind verabschieden", schloss sie. „In dieser Nacht. Mit einer Zeremonie am Meer. Davon verstehst du doch etwas. Danach werden wir es den Wellen übergeben."

„Du bist krank!" Heftig ratschte er die Tasche zu und warf sie ihr in den Schoß. „Dein Ekelpaket kannst du behalten. Ich will damit nichts zu tun haben!"

„Hast du aber schon. Auf ewig wirst du daran denken müssen, das garantiere ich dir." Sie machte eine Pause, in der bitteren Vorfreude ihrer Pointe. „Ich bin HIV positiv."

Es dauerte einige Sekunden, bis er begriff, dass es ihn betraf. „Das glaube ich dir nicht!" In seinem Blick lag Panik.

„Doch, es ist so. Nach dem Eingriff brauchte ich eine Bluttransfusion. Die Konserve war verseucht." Sie sagte es sachlich, als wolle sie von niemandem Mitleid.

Plötzlich sah sie, dass er einen faustgroßen Stein in der Hand hatte. Sie zuckte zurück, fühlte, wie ihr Herzschlag aussetzte.

Aber er schleuderte ihn über das Dünengras. „Keine Angst." Er lachte hysterisch. „Du wirst ja sowieso sterben."

„Und du? Bis du das endgültige Testergebnis hast, dauert es mindestens drei Monate."

Er starrte sie an wie eine Erscheinung. Dann rannte er die Dünen hinab.

Dämmerung kroch über die Hügel, vom Meer zog Kühle herauf. Noch immer hielt sie die Tasche umfasst. Ihre Mission war erfüllt. Er würde leiden, jede Sekunde einen neuen Angsttod sterben. Fast so lange, wie sie, zerrissen vor einer Entscheidung stehend, das Ungeborene in sich gehabt hatte. Sie lächelte vor sich hin. Nein, HIV positiv war sie nicht. Das wäre zu viel des Schlechten gewesen.

Sie erhob sich, schüttelte den Sand aus ihren Kleidern und stieg die Anhöhe hinauf. Unten rauschte leise das Meer. Sie würde dort einen Platz suchen, an dem das Wasser ihr Kind für immer forttragen konnte. In dem kleinen Sarg einer Kühltasche.

Sie ging zu der hölzernen Strandtreppe hinüber, trat Stufe für Stufe abwärts, bemerkte noch den falschen Tritt, bevor sie hinunterstürzte und am Fuß der Treppe aufschlug.

Sie erwachte aus ihrer Bewusstlosigkeit in der Nordseeklinik in Westerland. Man sagte ihr, sie habe eine Gehirnerschütterung und Prellungen erlitten.

Am selben Tag standen zwei Polizisten an ihrem Bett.

„Wir haben Ihre Tasche sichergestellt", sagte der Ältere. „Sie stehen unter Mordverdacht und sind vorläufig festgenommen."

Nach dem ersten Schock konnte sie nur noch schreien. „Sehen Sie nicht, wie winzig es ist? Ich habe es doch nicht getötet – ich habe es verloren!"

Verloren. Verloren. Das Wort kam wie ein Echo zurück.

DIE DAME IN WEIß
Aurich

Ausgerechnet Aurich. Ich war enttäuscht. Warum hatte er nicht woanders sterben können? Wenn ich bedenke, dass er als Deutschlands berühmtester Literaturkritiker zwischen New York, Mailand und Wien hin und her gejettet ist, dann hätte ich mir für sein Ende einen glamouröseren Ort gewünscht. Und bei der Beerdigung wäre auch für mich ein wenig Glanz abgefallen. Vielleicht wäre ich ins Guggenheim-Museum gegangen. Oder hätte mir italienische Mode beguckt oder im Sacher-Hotel eine Sachertorte gegessen.

Aber nun hatte es meinen Onkel Tanno in seiner Geburtsstadt Aurich getroffen. Vor kurzem war er von seinem Wohnsitz in Berlin dorthin zurückgekehrt, back to the roots, wie man so sagt. Hatte wohl geahnt, dass der Tod schon hinter ihm stand. Mit siebzig ist man schließlich auf der Zielgeraden.

Immerhin müssen die anderen Trauernden – oder sollte ich sagen: Erben in spe – nun auch nach Aurich. Mit leichter Häme stelle ich mir vor, wie sich die ganze Karawane in dieses ostfriesische Plattland schleppt: erste Ex-Frau, zweite Ex-Frau, eine getrenntlebende Noch-Ehefrau, Geliebte, Kinder. Dazu seine Männer, er hat ja kreuz und quer geliebt. Wenn Tanno Sievert sein Leben anschauen könnte – was er naturgemäß nun nicht mehr kann – so hat er es geistreich, farbig und exzessiv gelebt. Dafür habe ich ihn immer bewundert und beneidet. Ich selbst blieb ja stets nur Zaungast für ihn. Eine blasse Blume am Wegrand, die sein verwandtschaftlicher Blick nur selten gestreift hat. Und ich kann es ihm nicht mal verdenken. Ich bin eine fahle Blonde von Ende vierzig – Blondine wäre zu sehr geschmeichelt – mit schmal gewordenen Lippen und dauerhaftem Bankjob. In meiner Freizeit dichte ich ein bisschen. Meine Haikus hab' ich ihm sogar mal gezeigt. „Ach, Gott, diese Hausfrauenpoeme", hat er gesagt und das war's dann.

Jetzt wartet er im Sarg auf uns. Von Hamburg, meinem Wohnort, nehme ich den Zug. In Leer steige ich in einen Bus um. Als ich in Aurich ankomme, strahlt die Sonne, zerzupfte Wolken ziehen über einen blauen Frühlingshimmel. Ich rolle mit meinem Gepäck in die Fußgängerzone und finde „die Hauptstadt Ostfrieslands" sofort sympathisch. Provinzflair, das die Seele wärmt: zu beiden Seiten gereiht spitzgieblige, weiß oder pastellfarben verputzte Häuschen; nur am Marktplatz fällt ein raketenartiger Stahlturm aus der Rolle, ein Architekt namens Albert Sous hat ihn entworfen. Ja, ich habe mich ein wenig informiert. Trauer hin, Trauer her – wenigstens von außen will ich ein paar Kultureindrücke mitnehmen. Die Burgstraße ist die eigentliche Einkaufsmeile. Unter den

historischen Fassaden dicht an dicht kleine Läden, hinter den Dächern erkenne ich die Lamberti-Kirche mit ihrem Schieferturm und dem hellen Geländer.
Links das Historische Museum. Da würde man Ostfriesland zum Anfassen kriegen. Aber ich muss weiter. Ich weiß nur, dass Aurich im 13. Jahrhundert gegründet wurde und dass man die hiesigen Herrscher damals „Häuptlinge" nannte.
Jetzt bin ich mordsgespannt auf mein Hotel, das „Hochzeitshaus". In der Villa aus dem 19. Jahrhundert kann man nicht nur übernachten, sondern auch Feste feiern. Eine Heirat, gar meine eigene, wäre mir natürlich lieber gewesen. Aber nun ist Trauerfarbe angesagt. In dem Veranstaltungszimmer, bei „Kaffee und Kuchen", werde ich mich zusammen mit der Erbmeute von Onkel Tannos Begräbnis erholen. Leichenschmaus im Hochzeitshaus.
Ich biege ab in die Straße Hoher Wall. Und da sehe ich sie: Die weiße Villa mit ihren Erkern und Säulen leuchtet im Grün einer Gartenanlage.
Drinnen empfängt mich ein nostalgisches Ambiente in Schwarz und Weiß. Über eine Wendeltreppe führt mich die Rezeptionsdame zu meinem Zimmer hinauf. Holzboden, ein bäuerlicher Schrank – hier werde ich mich wohlfühlen. Bis zur Beerdigung ist noch etwas Zeit. Ich gehe hinunter und nehme Platz auf einer gefliesten Veranda, zum Garten hin offen und umgrenzt von einer Balustrade mit schmiedeeisernen

Pfeilern. Bei einem Tee, natürlich ostfriesisch mit Kandis und Sahnewölkchen, genieße ich den Anblick weißer Hortensien. Ich komme mir vor wie in einem Belle-Epoque-Roman. Dazu passt sogar die nicht mehr ganz junge Frau in Weiß, die ein paar Tischchen weiter wie ich ihr Teetässchen hält.
Sie trägt ein weites Kleid mit Kurzblazer, der Teint fast durchsichtig, das Haar schimmert rötlich. Ihr Sekundenblick scheucht mich zurück. Eine Unnahbare. Von einer Art, die Männer erotisch finden. Ist sie allein? Oder kommt noch ein Begleiter? So, wie die Serviererin sie eben begrüßt hat, scheint sie ein Stammgast zu sein.
Hoffentlich tauchen hier nicht Onkel Tannos Nachlassjäger auf. Ach was. Die residieren bestimmt im „Hotel am Schloss Aurich". Vier Sterne immerhin.

Im schwarzen Kostüm mache ich mich auf den Weg zu dem nicht weit entfernten Friedhof. Vor der Kapelle nimmt mich sehr herzlich Tannos Freund und einstiger Lover in den Arm. Lila Fliege, gescheitelte Silbertolle – Anwalt Doktor Ulmen zeigt jene Eleganz, die auch mein Onkel pflegte.
Da hocken die Gierigen im Vorraum. Karin, Ex-Frau Nr. 1, trägt noch immer ihre Afro-Frisur, ist nun aber ergraut. Das Muttertier wird von drei Söhnen umrahmt, die meinem Onkel so gar nicht ähnlichsehen; Blondchen Mareile, Ex-Frau Nr. 2, hat sich heute für eine Art Unterrock und ein verschärftes Dekolleté

entschieden; Drittfrau Gloria versteht sich offenbar
als die wahre Witwe – sie tritt dramatisch mit Ge-
sichtsschleier auf, was praktischerweise auch ihre
Alkoholverwüstung verbirgt. Klingt jetzt etwas bös-
artig, aber für die war und bin ich ja nicht existent.
So belasse ich es bei einer Minimalbegrüßung und
nähere mich unauffällig den beiden Prominenten der
Trauerrunde. Onkel Tannos Freunde, die Literaten.
Freunde? Respektlos, dass sie noch nicht einmal
flüstern.
Dieter Dunst, Deutschlands bekanntester Überall-
Raucher, vom Alter gebeugt und nach wie vor auf
den Nobelpreis wartend, klemmt sich eine Zigarette
unter den Schnauzer.
„Wie geht's dir, Walter? Hast du mein neues Buch
gelesen? Schon acht Rezensionen, in der SZ, FAZ,
in WamS und BamS – "
Walter Schmidt-Rotter, pummelig und mit Sabber-
lippe, sieht auch diesmal wieder aus, als sei er gerade aus dem Bett gekommen. „Ach, ich bin ja sooo
kaputt. Fünfzehn Lesungen in drei Wochen. Zwar
immer mit Chauffeur, aber – "
Da gehen die Türen zum Andachtsraum auf. Der
Sarg ist weiß, geschmückt mit schneefarbenen Orchideen, den Lieblingsblumen meines Onkels. Ich
hab' mich nach hinten gesetzt, bin ja wie gesagt nur
eine Randfigur. Ein Geräusch reißt mich aus meinem
Gedankennebel, ich drehe mich um und erkenne –

die Frau in Weiß. Die Dame von der Hotelterrasse. Sie schleicht zur letzten Bankreihe, in der Hand eine Orchidee so hell wie ihr Kleid.

Später stehen wir am offenen Grab. Was man aus Schwarz doch alles machen kann! Die Geschiedenen haben ihr Trauer-Outfit mit halsgenau gleichen Goldcolliers bestückt, Tannos beim Hausjuwelier bestellten Scheidungsgeschenken. Witwe Gloria trägt Handschuhe, die wie Pulswärmer aussehen.
Dichterfürst Dieter Dunst hält die Grabrede. „Ein genialer Geist ist von uns gegangen. Wie schrieb er doch damals so treffend über mich ..." Ich äuge zu Schmidt-Rotter hinüber. Mit jeder neuen Ich-Preisung seines Konkurrenten wächst seine Wutröte.
Endlich geht's weiter. Nur Freund Doktor Ulmen weint und wirft mit bloßen Händen statt mit einer Schaufel die Erde auf den Sarg. Ich trete an die Grube und sehe beim Wiederaufblicken an einem Rhododendron-Busch etwas Weißes blitzen. Da ist sie wieder – die Dame aus dem Hotel. Es kann, denke ich, nur eine Geliebte meines Onkels sein. Sicher wartet sie, bis unsere Trauertruppe abgezogen ist, um dann ihre Orchidee hinterher zu werfen.

Im „Hochzeitshaus" drängen wir Hinterbliebenen ins Festzimmer. Durch hohe Fenster geht der Blick in den Garten. Stilvoll dekoriert die Leichentafel: schwarze Kerzen, Trauerbänder, schwere Silberkannen für Tee und Kaffee. Und Torten über Torten. Ich muss mal zählen, wie viele – doch da ertönt schon der befürchtete Entzückensschrei. Mareile. „Herr Ober, was ist denn das für eine Torte?" „Eine Knüppeltorte, meine Dame." „Und diese?" „Ostfriesentorte." „Und – " Ein herrischer Blick aus Glorias Stahlaugen lässt Blondchen zum Glück verstummen.

Dann stoßen wir mit Champagner an. Der Ruinart war Tannos Tag- und Nachtbegleiter. Wenn man von Doktor Ulmen einmal absieht. Der ist auch Tannos Nachlassverwalter. „Woran ist mein Onkel eigentlich gestorben?", frage ich flüsternd den neben mir sitzenden Seelenfreund. „An seinem Herzleiden."

Inzwischen ist die Tortenschlacht in vollem Gange. Karin schiebt ihren dicklichen Söhnen ohne Anstandspause ein Stück nach dem anderen auf die Teller. „Da ihr gerade von der Erbmasse sprecht", wendet sie sich an ihre Rivalinnen, „so möchte ich meinen Anspruch auf Tannos Kuchengabeln anmelden."

„Geschenkt! Ich erbe ja die Häuser in Berlin, auf Sylt und in Südfrankreich." Gloria macht eine Geste, als gehöre ihr der Erdball.

„Südfrankreich?" Mareiles Stimme geht eine Tonlage höher. „In der Villa will ich mein Atelier einrichten. Das mediterrane Licht – "

„Und die Kinder?" Karin reckt sich empört in die Höhe und schaut auf ihre mindestens 30-jährigen Söhne.

„Aber meine Damen!" Der Anwalt schlägt mit dem Teelöffel an sein Champagnerglas. „Ich bin doch sehr befremdet, dass Sie bereits hier, auf der Leichenfeier, das Thema Erbe anschneiden. Im Übrigen sind Sie als Geschiedene ja schon mit Apanagen versehen."

„Sehr richtig." Der Nobelpreisträger im Wartestand legt seine Zigarette auf die Untertasse. „Wichtiger ist schließlich die Stiftung. Ich könnte mir vorstellen, den Ehrenvorsitz zu übernehmen. Über das Gehalt können wir dann noch sprechen."

„Wohl kaum, Herr Dunst. Und wenn Sie gestatten, dann esse ich jetzt meine Torte zu Ende."

Unfassbar. Gut, dass ich mit dem Geldkram nichts zu tun habe. Der arme Doktor Ulmen.

„Lecker, diese Torten." Dichter Schmidt-Rotter schafft es, sich erneut zu bekleckern. „Hör mal, Dieter: Kennst du den Witz mit Omma? Also, der spielt in Dortmund ... oder war es Duisburg?"

„Kenn ich." Der Großliterat bleibt beleidigt.

Ich überlege, mir das Rezept zu der Ostfriesentorte mit Traubenkompott geben zu lassen.

Da betritt eine helle Erscheinung den Raum. Die Dame in Weiß. Die rätselhafte Unbekannte.

„Geschlossene Gesellschaft!", schreit Karin los und Köpfe drehen sich synchron nach vorn.

Doktor Ulmen springt auf, eilt auf die Dame zu und beugt sich über ihre Hand. „Wie schön, dass Sie doch noch gekommen sind. Darf ich vorstellen? Das ist Elisabeth Voss.“

„Literaturgroupies sind hier unerwünscht“, zischt Mareile.

Der Anwalt zieht einen Stuhl heran und zwingt die Sitzenden auseinander zu rücken. „Nehmen Sie doch Platz. – Noch ein Gedeck, Herr Ober. – Liebe Trauergäste! Frau Elisabeth Voss gehört wie keine andere in unsere Mitte, hat sie sich doch in ganz rührender Weise die letzten Wochen um unseren Tanno gekümmert – “

„So rührend, dass er nun tot ist.“ Gloria, denke ich, scheut wirklich vor nichts zurück.

„Was wollen Sie damit sagen?“ Die Fremde richtet sich steil auf.

„Ach, gar nichts.“

Mir fällt ein Ausdruck ein: jemanden zu Tode pflegen. Unsinn. Bis zum Tode pflegen heißt es.

„Es ist ja kein Verbrechen, jemandem beim Sterben zu helfen.“ Schmidt-Rotter rubbelt an seinem Hemd herum. „Und Tanno war ja ziemlich todessüchtig.“

„Todessüchtig?“, wiederholt Doktor Ulmen. „Aber nein. Das war doch nur so ein Gerede von ihm. Reine Koketterie. Im Gegenteil. Tanno hatte neue Energie gewonnen.“

Er wirft der Dame einen einverständlichen Blick zu. Die hebt nur die Brauen, lächelt fein und berührt ihren blitzenden Ring. Ein hochkarätiges Präsent meines Onkels?

„Nein. Was unseren lieben Verstorbenen betrifft, so ging es eher um Lebenssucht." Der Anwalt macht eine Pause, bevor er klingenscharf weiterspricht. „Tanno Sievert wollte heiraten. Er hat Frau Voss einen Antrag gemacht."

Sekundenlange Stille. Da müssen wohl einige ihre Atmung neu regulieren.

„Nun ja, die Hoffnung stirbt zuletzt", bemerkt der Großliterat und steckt sich eine Zigarette an. Der Mann lebt zurzeit mit der fünften Frau.

Ich bin natürlich auch überrascht. Positiv überrascht. Wenn diese sympathische Frau Voss sein Jungbrunnen geworden wäre, dann hätte er vielleicht noch ein paar Bücher geschrieben.

Wie ich sehe, ist Glorias Alkoholgesicht urplötzlich bleich geworden. Halt suchend umklammert sie ihr Glas. „Antrag, Antrag – ja, und? Die Witwe bin immerhin noch ich. Oder wollen Sie damit andeuten, Herr Doktor Ulmen, dass diese – Dame Miterbin ist?"

„Nicht nur das, liebe Frau Sievert. Sie ist die Haupterbin. Neben mir natürlich." Der Anwalt streicht über seine Silbertolle. „Als es Tanno dann wieder schlechter ging, hat er ein neues Testament zugunsten von Frau Voss gemacht. Und da Ihre Scheidung, Frau Sievert, von ihm ja bereits eingereicht war, erbt nun die Geliebte. – Verzeihen Sie!" Er schaut zu der Dame in Weiß, die über diese Titulierung aber keineswegs verstimmt scheint.

„Das ist nicht wahr, das kann nicht sein!" Gloria beginnt zu schreien.

„Dann kommen Sie in meine Kanzlei und ich zeige Ihnen den Paragraphen Schwarz auf Weiß. BGB Nummer 1933." Ulmen setzt sich wieder hin, es fehlt nur noch ein „Basta!".

Dafür steht Gloria auf. „Nein und nochmals nein. Nur über meine Leiche!"

Diesen Satz finde ich etwas unpassend, kann aber nicht weiter darüber nachdenken. Denn nun fliegen Dinge durch die Luft. Die Enterbte wirft mit Tellern, Tassen und Torten. Die Richtung ist klar: zum Feindesduo Elisabeth Voss und Doktor Ulmen. Ich höre Mareile begeistert aufkreischen, Karin und ihre Sprösslinge halten mit Kauen inne. Die Dichter verfolgen gespannt die Flugbahnen, als böte sich Stoff für die nächsten Romane.

Und die schwarze Furie macht weiter, einige Gäste gehen schon in Deckung. Da fährt ein Schrei – nein, ein Aufschrei – in die Tortenschlacht. Elisabeth Voss greift sich noch an die Stirn, bevor sie im Stuhl zusammensackt. Ihr weißes Kleid ist rot befleckt – mir scheint, es war die Himbeercreme.

Doktor Ulmen behält die Nerven und ruft die Rettung. Kurz darauf wird Frau Voss hinausgetragen.

Während das alarmierte Gastronomenpaar hilflos die Hände hebt, erscheint die Polizei und führt die rasende Witwe ab.

Das Festzimmer leert sich. „Es tut mir leid", sage ich zu den Hotelbesitzern, als hätte ich Schuld an dem Fiasko. Leichenschmaus in einem „Hochzeitshaus" ist wohl nicht das Richtige. Schade, jetzt kann ich auch schlecht um das Rezept für die Ostfriesentorte mit Traubenkompott bitten. Aber es gibt ja das Internet.

Zurück in Hamburg erfahre ich den Ausgang der Geschichte. Die Dame in Weiß ist mit einer Gehirnerschütterung davongekommen und wird den größten Teil des Vermögens erben. Gloria bekommt als Fast-Geschiedene im Gegensatz zu ihren Kindern noch nicht mal einen Pflichtteil und muss sich demnächst vor Gericht verantworten.

Ja, und mir, der verwandtschaftlichen Randfigur, hat Anwalt Ulmen etwas höchst Erfreuliches mitgeteilt: Mein Onkel, der große Literaturkritiker, hat mir eine Sammlung seiner wertvollsten Bücher vermacht.

Meiner lieben Nichte Regine, die niemals Geld, sondern immer nur meine Bücher wollte.

DER BESUCH DES ALTEN HERRN
Zwickau

Er hatte lange gezögert. Noch einmal, am Abend seines Lebens, zurück nach Zwickau? Heimat, ja. Sonntags am Ufer der Mulde, fein gemacht im Matrosenanzug ... Aber doch auch Ort seiner schmerzlichsten Niederlage.

Trotzdem war er von dem fernen Kontinent gekommen und saß, alle Gebrechlichkeiten seines 90-jährigen Körpers vergessend, jetzt hier. Im August-Horch-Museum, dem Tempel legendärer sächsischer Autoklassiker. Auf diesem und dem benachbarten Gelände waren sie einst gebaut worden, der Horch, der Audi und der DKW. 1904 hatte Autopionier August Horch auf diesem Gelände seine Firma etabliert – er brauchte keinen Katalog, um das zu wissen.

Er war zurückgekehrt, weil er hierhergehörte. Und weil die Rechnung noch offen war ...

Gelungen, dieser neue Museumsbau. Hinter Panorama-Fenstern waren die Oldtimer wie edle Schmuckstücke arrangiert. Auch der Slogan auf dem Spruchband gefiel ihm. ‚100 Jahre automobile Geschichte erleben'. Er hatte sich zu einem der wenigen Stühle gekeucht, am Rande der feierlustigen Menge, die, Sektkelche in der Hand, nach oben lauschte. Auf der Tribüne die wichtigen Männer: Ministerpräsident, Oberbürgermeister, Museumsleiter.

„Siebzig Exponate, siebzig Mal sächsische Ingeni-
eurskunst ...“ Er fühlte, wie seine geschwächte Brust
sich spannte. ‚Stolzgeschwellt‘ – er lächelte über
sich selbst. Aber nein, *er* war ja nicht gemeint, *ihn*
hatte man längst gelöscht. Gelöscht wie – einen stö-
renden Fleck. Nicht er, sondern Kurt Grosse wurde
jetzt auf die Bühne geholt. Gehievt, fast getragen,
nur noch gebeugte, zittrige Restexistenz. Er erschrak, als er in diesen Spiegel sah. Wie zum Trotz
zog er an seiner Zigarette, doch sein Rauchen ent-
gleiste zum Husten.
Kurt Grosse, sein Rivale. Noch immer dieses einge-
fräste Honiggrinsen. Und wie der jetzt stolz seinen
Dank krähte!
Er zermalmte die Zigarette im Ascher. Seine Hand
kroch in die Jacketttasche. Für ihn, den genialen Auto-Ingenieur, war es natürlich ein Leichtes gewesen,
diesen todbringenden Kugelschreiber zu konstruieren. Mit Projektilen, die auf Knopfdruck heraus-
schossen und sich noch aus fünf Metern Entfernung
in die Organe schlagen würden. Kurt Grosse würde
ihn nicht erkennen, auch aus der Nähe nicht. Schon
seit langem hielt er seine Bitterkeit hinter einem
Vollbart und einer halbdunklen Brille verborgen.
Er befühlte den kühlen Stift. Edelstahl. Langsam zog
er die Waffe heraus. Was für eine elegante, schnittige
Form. So elegant und schnittig wie die Autos, die er
gebaut hatte.

„Cooles Teil!", hörte er eine junge Stimme sagen.
Und da sie weiblich war, blickte er auf.
Gebräunte Haut, die aus einem orangeroten Shirt
wuchs, stängelhafte Schlankheit, Jeansröckchen.
„Wo kriegt man denn so was?"
„Ach, überall." Hastig steckte er den Stift zurück. Er
sah, dass sie einen Stenoblock und einen hellen Kuli
in den Händen hielt. Auf dem Kuli eine Reklame-
schrift.
„Sie schreiben einen Artikel über das Jubiläum?"
„‚Freie Presse'", sagte sie, als könne sie damit ihre
Identität erklären.
Höchstens vierundzwanzig, dachte er. Genauso ah-
nungslos jung war *er* gewesen. Damals, 1938, als er
seinen ersten Horch gefahren hatte. Was heißt gefahren ... Losgebrettert war er, die Leipziger Straße
hinunter und wieder zurück. Erst allein, später Ilsa
neben sich. Den Rausch des Rasens hatten sie ge-
teilt, und nicht nur diesen ... Die Erinnerung stieg so
heftig auf, dass er nach einer neuen Zigarette suchte.
„Haben Sie schon einen – Aufhänger für Ihren Artikel?" So hieß es doch wohl. Aufhänger.
„Nee. Hab nur die Pressemitteilung. Mann, ist das
ätzend hier. Was soll man denn über Autos schreiben?"
Zum ersten Mal betrachtete er sie genauer. Nichts als
Jugend im Gesicht, wahrscheinlich war sie Volontärin. Aber die Augen. Schräg gestellt und grün. Lagu-

nengrün hatte er sie bei Ilsa genannt. Mit einem Zwinkern, denn natürlich war das etwas kitschig.

„Schreiben Sie über ein bestimmtes Auto", sagte er. Die plötzliche Eingebung ließ ihn hochfahren. Natürlich war das mit dem Schießkuli nur eine Spielerei gewesen, ein ehrgeiziger, aber absurder Versuch. Den Grosse konnte er doch ganz anders erledigen ... Viel, viel einfacher: mit einem Zeitungsartikel. Damit würde er ihn ausstechen, und die Wahrheit käme doch noch ans Licht. Und diese kleine Motte würde das schreiben.

„Ein bestimmtes?", wiederholte sie.

„Ja, kommen Sie! Kommen Sie nur." Er besiegte ihr Zögern mit einem Lächeln. Wie leicht er sich plötzlich fühlte. Er war wieder vierundzwanzig, als er um die Absperrung aus roten Seilen eilte und seine Hand auf den glänzenden, dunkelblauen Kotflügel legte.

„Wow!", sagte sie.

Er zuckte zusammen, dann lachte er. „Aber mindestens. Ist das nicht ein Prachtstück?" Er nahm seine Brille ab. „Dieses Cabriolet gehört zu den schönsten Autos, die je gebaut wurden."

„Cool", sagte sie.

Unbedarft, ihre Augen. Nur die Farbe war ähnlich. Ilsa ... Langsam glitten seine Fingerspitzen über die Rundung des Radblechs, strichen über die lange Strecke der Motorhaube, den aufgesetzten Ersatzreifen, den tiefblauen Stoff des Daches. Er kreiste auf die andere Seite, zurück bis zur Front mit dem imposanten Flachkühler und den dicken Scheinwerfern. Zärtlich umfasste er die Kühlerfigur.

„Eine geflügelte Weltkugel“, bemerkte er. „Und hier das ‚H‘ für ‚Horch‘.“

Die angehende Reporterin trat näher. „Darf man denn diese Oldtimer anfassen?“

„Ich schon.“

„Und die Absperrung?“

Lächerlich, dachte er. Durfte *er* nicht sein eigenes Werk berühren? Da störten ihn auch die Polizisten nicht, die heute, am Jubiläumstag, die Politprominenz beschirmten.

Er fixierte sie, bis er ihren Blick hatte. „Ich habe diesen Wagen nicht nur gefahren, sondern auch entworfen.“

„Wow“, sagte sie, diesmal etwas verspätet.

Wie sie jetzt, die Augen geweitet, nach Worten suchte.

„Also, damals in den 30er Jahren?“, fragte sie nach. „Da waren Sie doch sicher noch ganz jung?“

„Ja, Anfang zwanzig erst. Ein Frühstarter.“ Er genoss ihre Verblüffung. „Ich war besessen von Autos.“

„Und was genau haben Sie an dem Modell entworfen?“

„Die gesamte Karosserie, bis hin zu dieser Farbkombination aus Dunkelblau und Fischsilber.“

„Wahnsinn!" Sie trat einen Schritt zurück. „Und wie sind Sie auf diese geile Silhouette gekommen?"

„Nun, die Form folgt der Funktion, wie man so sagt. Unter dieser langen Motorhaube steckt nämlich ein Achtzylinder. Der ‚flüsternde Motor' wurde er genannt, so leise war er."

Er registrierte, wie sie Kuli und Stenoblock in Position brachte.

„Können Sie doch alles nachlesen", sagte er.

„Ja." Sie ließ den Block sinken und krauste die Stirn. „Wie heißen Sie eigentlich?"

Natürlich, woher sollte sie wissen ... Niemand kannte ihn. Stumm reichte er ihr seine Visitenkarte. Er sah ihren flüchtigen Blick, sah, wie sie das Kärtchen in ihre Schultertasche steckte.

„Warum sind Sie nicht da oben?" Sie wies zur Tribüne.

Das Misstrauen ehrt sie, dachte er. Vielleicht wird doch noch was aus ihr.

„Man hielt mich für verschollen, seit Jahrzehnten schon." Ich bin alt, sterbensalt, dachte er. Aber ich werde das zu Ende bringen. „Der Mann da oben ist ein Betrüger. Er hat sich als Gestalter *meines* Wagens ausgegeben, aber ich allein habe den Horch 853 kreiert. *Ich* war der Pionier."

Die Journalistin schaute zur Tribüne. Der verdiente Veteran verschwand gerade hinter einem Blumenpräsent.

„Das ist krass." Sie dachte nach. „Können Sie das beweisen?"

„Nein. Dafür ist es zu spät." Seine Hand fuhr in die Jackett-Tasche, umkrampfte den kühlen Schießkugelschreiber. Er bemerkte, dass sie ihren Block einsteckte.

Er senkte die Stimme. „Ich musste damals – abhauen." „Abhauen??"

„Nun kriegen Sie doch noch Ihre Geschichte", lächelte er. Seine trockenen Finger verhaspelten sich in der Brieftasche. Dann hatte er es. Das Foto. Unversehrt, nur entrückt durch den bräunlichen Gilb der Zeit. Mit einer Art Verbeugung übergab er es der fremden jungen Hand.

Sie nahm es verwundert entgegen, umschloss mit Bedacht den gezackten Rand.

„Oh!", sagte sie.

Er war erfreut über dieses ‚Oh', erfreut, dass sie nicht ‚wow' oder ‚cool' oder gar ‚geil' gesagt hatte.

„Eine wunderschöne Frau", stellte sie fest. „Und das ist wirklich dieser Wagen?" Vom Foto schaute sie vergleichend zu dem luxuriösen, langgliedrigen Cabriolet.

„Ja, das ist mein Horch. Jetzt sind wir beide Oldies." Er lachte brüchig. „Nur, dass der sich besser gehalten hat."

„Wie James Dean sehen Sie aus." Sie starrte weiter auf das Foto.

„Danke. Allerdings ein James Dean mit Schieber-
mütze und in Knickerbockers.“

Der Schauspieler war in den Tod gerast. Er jedoch
existierte noch. Damals, 1941, hatte ein anderer dran
glauben müssen ...

Er wünschte sich, dass die junge Frau das Foto nicht
losließ. Dass sie sich in Details vertiefte, die seit
Jahrzehnten in und mit ihm lebten. Ilsa im weißen,
schmiegsamen Seidenkleid, ihr gebräunter Arm im
Fahrtwind, ihre schrägen, grünen Augen unter der
Federkappe.

„Eine wunderschöne Frau“, hörte er die Stimme der
Journalistin. „Ihre Freundin, nicht wahr?“

„Freundin, Geliebte ...“ Er machte eine vage Hand-
bewegung. Was sollte er sagen? Ilsa war seine Zukunft gewesen. Leidenschaftliche Gegenwart, die nie
enden würde.

„Sie haben sie geliebt.“

Ja, so einfach konnte man es ausdrücken.

„Sie war älter als ich.“ Am besten, er kam der Frage
zuvor. „Dreißig. Sechs Jahre älter als ich.“

Die Volontärin gab ihm das Foto zurück und zog einen Recorder aus der Tasche.

„Bitte, ich würde gern ...“

„Ja, Sie dürfen das ruhig aufnehmen. – Ilsa war
Schauspielerin. Kennen Sie ‚Großstadtfieber‘?“

„Nein, es tut mir leid ...“

„Da hat sie mitgespielt. Ilsa Löwy. 1938 hat man ihr zwangsweise noch den Zweitnamen ‚Sara' gegeben. Sie verstehen?"

„Ja, ich verstehe." Die Antwort kam leise.

Er las Angst in ihrem Gesicht, Angst, die sein Erinnern schmerzhafter machte. „In dem Jahr haben wir auch geheiratet. Gegen den Willen unserer Eltern, in dieser Zeit ..."

Sie schwieg.

„Ihre Eltern hatten gegen eine hohe Summe schon die Ausreisegenehmigung nach England erhalten und drängten ihre Tochter, mitzukommen. Aber Ilsa blieb in Deutschland. Bei mir."

Dachte die kleine Reporterin nur an Romeo und Julia, oder begriff sie die Dimensionen?

„Als Jüdin durfte Ilsa ihren Beruf nicht mehr ausüben, ich verdiente nur wenig, und die Gestapo hatte uns schon ins Visier genommen. Eine Zeitlang ging es ganz leidlich, weil Ilsa mit Emmy Göring, der ehemaligen Schauspielerin, befreundet war. So erhielt sie durch die Verfügung ‚Eine Nichtarierin, die nicht abgeholt werden darf' eine Art Gnadenfrist. Aber dann ..."

„Das klingt nicht nach Happy End."

„Nein. Am Ende konnte uns niemand mehr schützen. Ich gab vor, dass Ilsa ins Ausland geflohen sei, brachte sie aber in einem Gartenhaus in Cainsdorf unter. Das hat mein Vater herausbekommen. Als ich es weiterhin ablehnte, mich scheiden zu lassen, hat er Ilsa bei der Gestapo angezeigt. 1941 wurde sie nach Ravensbrück deportiert. Ich habe sie nie wiedergesehen."

Er hatte sachlich gesprochen, mit einer Sachlichkeit, die ihn erschöpft hatte. War er überhaupt verstanden worden? Die Kleine wirkte etwas traurig, das beruhigte ihn.

„Aber wenigstens Ihren Horch haben Sie wiedergesehen." Mit einem leichten Lächeln wies sie auf das Cabrio. „Erzählen Sie mir das auch?"

„Natürlich. Den hat erst ein SS-Offizier konfisziert, bei Kriegsende haben ihn die Amerikaner übernommen, dann kam er in die USA. Dort war er im Besitz eines vermögenden TV-Moguls, der ihn dem August-Horch-Museum geschenkt hat."

„Danke für Ihre Geschichte", sagte sie unvermittelt, „aber ich muss jetzt los. Deadline." Er hörte das Klicken, mit dem sie den Recorder ausschaltete.

„Leben Sie wohl, Fräulein – "

Verwirrt schaute er dem Jeansröckchen hinterher. Nein, mit dem Artikel würde es nichts werden. Zehn Zeilen Nachricht, das würde man der Kleinen zugestehen. Wenn sie überhaupt schon ins Blatt kam.

Noch einmal blickte er zu dem blau-silbernen Cabriolet. Vorbei und entschwunden, als habe das alles nicht existiert. Sein Design, sein Horch, seine Ilsa.

Er spürte plötzlich eine Leere. Die Tribüne lag jetzt verwaist da, auf der anderen Seite zum Innenhof wogte hinter Glasfronten die feiernde Menge. Kurt Grosse war nicht zu entdecken.

Warum hatte ihn die junge Frau nicht gefragt, ob er seinem Vater verziehen hatte?

‚Nein, ich habe ihm nicht verziehen', hätte er geantwortet.

Aber den Schluss hätte er der Journalistin sowieso nicht erzählen können.

In São Paulo ging er jetzt öfter in die Kirche. Doch nicht mal dem Pastor konnte er die Last aufdrücken.

Ein Hustenanfall ließ ihn zum nächsten Stuhl flüchten. Seine Lunge, die er eben noch vergessen hatte, brachte sich mit kurzen, geräuschvollen Stößen in Erinnerung, so dass er panisch nach seinem Spray griff. Endlich drang wieder Luft durch die Bronchien. Ermattet lehnte er sich zurück.

Zwei Polizisten kamen auf ihn zu, und er fühlte eine Hand auf seiner Schulter.

„Können wir Ihnen helfen?"

„Ja." Er zögerte, machte eine letzte Pause. Dann schaute er hoch. „Ich habe meinen Vater ermordet."

Na, na, na, sagten ihre Blicke, während ihre Gesichter ein gutmütiges Grinsen zeigten.

„Ich habe meinen Vater umgebracht", variierte er.

Er bemerkte, wie sich die beiden ansahen.

„Wann soll denn das gewesen sein?“, versuchte es der eine.

„1941.“

„Bisschen lang her, nicht?“

Wie sie ihn abschätzten: vom grauen Resthaar über den eingesunkenen Brustkorb bis zu den altersfleckigen Händen, die jetzt noch stärker zu zittern begannen.

Dumme Kerle. Hatte es Zweck, ihnen zu erklären, wie er seinen Alten beseitigt hatte?

Der Alte – das war er jetzt selbst. Er musste lachen.

„Wir rufen den Krankenwagen!“ Der Polizist wirkte entschlossen.

„Psychiatrie“, zischelte der andere.

Wenn er es schaffte, auf die Wache zu kommen ... dort würden sie ihn schon anhören ... Eine Zigarette. Er musste sich beruhigen. Noch einmal lief alles vor ihm ab.

Sein Vater war betucht gewesen. Ein Wort, das passte. Textilfabrikant. Und natürlich hatte auch er einen Horch gefahren.

Vorhin war er an dem repräsentativen dunklen Pullman-Cabriolet vorbeigekommen, hatte sich aber instinktiv wieder abgewandt. Der Mordwagen. Nein, natürlich nicht dieser, aber dennoch ...

Über 20.000 Reichsmark hatte der Vater für das Automobil bezahlt. Damit war er mit den Zwickauer

Honoratioren auf gleicher Augenhöhe gewesen, hatte standesgemäß bei ihren Villen vorfahren können.

Die Höchstgeschwindigkeit von 130 Kilometern pro Stunde hatte der Vater stets ausgereizt. Auf der langen Strecke, wenn er vom Privathaus seinen Weg zur Fabrik genommen hatte.

Man musste allerdings ein guter Fahrer sein, um den schweren Wagen auf Kurs zu halten. Bei hohem Tempo geriet der Horch im Geradeauslauf leicht ins Schwimmen, und die Lenkung neigte zum Flattern.

Sein Vater war *kein* guter Fahrer gewesen.

Pech für den Alten, dass sein ‚verlorener Sohn‘ ausgerechnet Auto-Ingenieur geworden war ... In einer gut gewählten Feuchtperiode im November 1941 ließen manipulierte Bremsen und Lenkung den Pullman gegen eine Mauer prallen. Auf der Crimmitschauer Straße, präzise in Höhe des Friedhofs, auf dem der tödlich Verunglückte wenig später begraben wurde.

Um den ebenso unkenntlichen Horch hatte es ihm leid getan ... aber Hauptsache, man hatte nichts mehr feststellen können.

Er hatte sich, nach einer Trauer- und Sicherheitsfrist, ins Ausland abgesetzt. Die Kriegswirren hatten ihn bis Brasilien gespült, und auch nach Ende der historischen Katastrophe war er dortgeblieben. Er galt als verschollen.

Er bemerkte, dass ihn die Polizisten unverwandt anstarrten. Sie sollen mich nicht beschützen, sondern bewachen, dachte er ärgerlich. Er drückte seine Zigarette aus und hielt ihnen die Handgelenke entgegen. „Bitte nehmen Sie mich fest, ich habe Ihnen die Wahrheit gesagt."

Die Polizisten rollten die Augen nach oben.

„Sie glauben mir nicht?" Mit einem Ruck riss er den Schießkuli aus der Tasche. „Ich wollte auch Kurt Grosse ermorden. Hier auf dem Jubiläum."

„Moment." Der eine Beamte hob die Hand, während der andere langsam auf ihn zuging. „Geben Sie mal her."

Mit Triumph im Blick überreichte er den Kuli.

„Alle Achtung, tatsächlich der Agentenschreiber", hörte er neben sich sagen. „Bestell doch mal den Krankenwagen ab."

Sie nahmen ihn rechts und links beim Arm. „Kommen Sie, wir bringen Sie jetzt zur Wache."

Er nickte, nur wenig enttäuscht darüber, dass sie ihn nicht in Handschellen legten.

Endlich würde er gestehen dürfen. Höchstens noch drei Monate, hatte der Arzt gesagt. Lungenkrebs. Wenn die Prognose stimmte, würde er es vielleicht noch bis zum Urteil schaffen.

AUFBRUCH IN DEN TOD
Binz/Rügen

Ja, es stimmte: Der Mann war fort. Aber er würde zurückkommen. Das hatte er versprochen.

„Abgehauen. Auf Nimmerwiedersehen", sagte ihre Mutter und befüllte mit neuer Energie die Kaffeekannen. Ihre verschwindend kleinen Augen glänzten vor Gehässigkeit. Und heute, stellte Britta fest, stöhnte die Alte noch nicht mal über ihre kaputte Hüfte.

Wortlos nahm sie die Kannen entgegen. Warten. Jetzt noch drei Wochen lang. Eigentlich die völlig falsche Lebensform. Sie sollte sich vielleicht etwas stärker auf die Pensionsgäste konzentrieren, sie umsorgen, teilnehmend zuhören, was die ihr zu erzählen hatten.

Aber als sie den Frühstücksraum betrat, wurde ihr klar, dass sie sich etwas vormachte. Echtes Interesse? Gerade dazu war sie im Moment nicht fähig. Gäste? Für sie waren es Figuren, konturlose Gestalten einer Kulisse, in der sie professionell zu agieren hatte. Touristen, die sagten, was sie immer sagten. Ach, diese schöne Bäderarchitektur! So schwärmten sie ihr vor bei Brötchen und Sanddornsaft und priesen die blendend weißen Binzer Bauten mit ihren Erkern, Veranden und den fein ornamentierten Fassaden.

Natürlich, ihr Heimatort war einmalig und das größ-
te und attraktivste Seebad auf Rügen. Und auch die
Villa Sommerlicht, die sie mit ihrer Mutter betrieb,
konnte man als echtes Kleinod bezeichnen. Sie hatte
das *Belle Epoque*-Haus selbst eingerichtet, leicht
und anmutig im altschwedischen Stil. Die kreidigen
Töne der Rügener Felsen hatte sie kombiniert mit einem Taubenblau. Ja, so etwas konnte sie. Sie hatte,
nach einer Pflichtausbildung zur Buchhalterin, doch
noch studiert. Innenarchitektur, bis plötzlich –
Britta kniff die Augen zusammen. Tränen der Wut
verschleierten ihr den Blick. Seit fünf Jahren war sie
gefangen, saß fest in der Falle der kleinen Familien-
pension, erniedrigt zur Serviererin für schweigende
Langzeit-Paare und weibliche Singles im Rentenal-
ter. Damals war ihr chronisch betrunkener Vater auf
einer Treppe zu Tode gestürzt.
„Du musst das Erbe ordnen", hatten die Verwandten
gedrängt. „Du bist das einzige Kind, da kannst du
deine Mutter nicht allein lassen."
Und so hatte sie ihr Studium unterbrochen und war
von Glasgow hierhergereist. Nur besuchsweise, hatte
sie sich beruhigt. Aber dann war der Druck auf sie
immer stärker geworden. „Du weißt doch, dass deine
Mutter das Geld braucht. Georg hat ihr so gut wie
nichts hinterlassen. – Kaufmännisch ist Inge nicht
besonders helle. Das musst *du* übernehmen. – Sie
kann ja nur kochen und backen."

Was heißt ‚nur'. Im Backen, gestand sie sich ein, war ihre Mutter geradezu genial.

Das fand offenbar auch Patrick, der neue Mann in Brittas Leben.

„Für deine Torten könnte ich sterben", hatte er zu Inge Ahrens gesagt und sich ein Stück nach dem anderen auf den Teller schieben lassen.

Ach, Patrick ... Wieder blendete das Bild ihrer ersten Begegnung auf. Sie stand auf der Seebrücke, war kurz dem misanthropischen Regiment ihrer Mutter entflohen, um sich ein paar Schnaufer Sommerluft zu gönnen. Da spürte sie diesen Männerblick, intensiv aber keineswegs bedrängend, und ihre Gespanntheit löste sich in einem Lächeln. Warum nicht ein paar Sätze tauschen? Der Typ gefiel ihr: das blonde kurze Haar von der Sonne ins Weiße gefärbt. Dazu Augen so verwirrend blau, dass sie immer wieder hinschauen musste. Seine Figur hatte etwas Kompaktes. ‚Verlässlich', dachte sie, doch das war sicher Wunschdenken.

„Ich würde Sie gern wiedersehen", sagte er. Vielleicht im Foyer seines Hotels? *Arkona Strandhotel.* Heute Abend?

Sie stimmte zu, flog nach Hause und stellte sich vor den Spiegel. Ja, sie war schön. Alles fest und prall, schließlich war sie noch keine vierzig. Ihr Gesicht sei wie ein Herz, hatte ein Ex-Geliebter gesagt. Sollte sie ihr Haar heute offen tragen? Aber ihre Mutter war nicht dumm.

„Du gehst noch weg?"

„Ja, eine Freundin von mir – "

Ihre Mutter sah auf das seidige Ausgehkleid. „Du musst ja wissen, wie viel Schlaf zu brauchst."

Der Mann, für den sie log, hieß Patrick Grote. „Gehen wir doch in die Bar", schlug er ihr vor, und Britta fühlte sich schon halb verführt, als sie sich mit einem Sanddorn-Sekt-Cocktail zuprosteten. Er sei, erzählte er, auf Rügen geboren und käme einmal im Jahr in die Heimat zurück, um das Grab seiner Eltern zu besuchen. Wie schön, dachte sie, und empfand einen leisen Neid.

„Zurück von wo?", fragte sie.

„Aus den USA. Kalifornien."

Er habe dort einige Semester Medizin studiert, sei dann aber auf Pharmazie umgestiegen und besitze nun in den USA eine Apotheken-Kette.

„Toll!" Der Mann sah also nicht nur gut aus. Toll war auch, wenn man wie er einen grenzenlosen Zugang zu Medikamenten hatte. Wenn sie nun ihrer Mutter etwas in den Tee ... eine ebenso einfache wie endgültige Lösung.

Beim dritten Treffen ergab es sich wie von selbst: Sie liebten sich. In seiner Hotelsuite. Im entspannten

„Danach" seine zögernden, von Erstaunen gefärbten Worte:

„Ich hatte nicht mehr daran geglaubt ..."

„Ich auch nicht."

„Man nennt es Liebe."

Britta lachte. „Ja, so nennt man es."

Und dann erzählte er von seiner letzten Internet-,Verlobten', einer Ukrainerin, die er mit Gold behängt und schließlich aufgegeben habe, als deren Ansprüche ins Fünfstellige wuchsen.

„Und ich hatte zuletzt mit dem Typ Mann zu tun, der sich seinen Ehering vom Finger zieht."

Patrick wurde wieder ernst. „Britta, ich möchte deine Mutter kennenlernen."

Britta deckte mit ihrer Mutter die Tische für die Pensionsgäste ein. Sie senkte den Blick auf die Teller.

„Ich möchte dir meinen neuen Freund vorstellen."

„Du weißt doch, dass mich deine Bettgeschichten nicht interessieren."

„Patrick wird in einer Stunde hier sein."

„In meinem Hause? Auf keinen Fall!" Die Alte hinkte zurück in die Küche.

Britta legte mit zitternden Händen die letzten Bestecke auf. Sie würde das durchstehen. Und wenn es für immer zum Bruch käme.

Patrick erschien pünktlich mit einem betörend schönen Rosenstrauß. „Für deine Mutter."

„Danke.“ Sie nickte komplizenhaft und wollte ihm gerade einen Warteplatz anbieten, als ihre Mutter die Rezeption betrat. Die graublonden Haare hatte sie hochgesteckt, die weiße Bluse sah aus wie eben aus dem Schrank genommen. Sie ging auf den Besucher zu und probierte ein Lächeln.

„Sie sind also ...“

„Patrick Grote.“ Er überreichte ihr den Strauß.

„Wie nett.“ Die Alte tauchte kurz ihr hageres Gesicht hinein. „Gehen wir in den Wintergarten.“

Patrick schaute herum, auf die weißen Korbsessel, die taubenblauen Polster und palmenartigen Kübelpflanzen.

„Da haben Sie sich ja ein wahres Paradies geschaffen.“

„Das Werk meiner Tochter. – Mögen Sie ein Stück Torte?“

„Meine Mutter ist eine super Bäckerin.“ Britta beeilte sich, die erstaunlich angenehme Stimmung aufrecht zu erhalten. „Du musst ihre Sanddorntorte probieren.“

Patrick kam wieder in die Villa *Sommerlicht,* lobte die Torte und genoss nicht nur ein Anstandsstück. Alles sah nach Harmonie aus. Aber war dieser Friede echt?

„Greifen Sie zu, junger Mann, Sie können es sich leisten“, sagte ihre Mutter und betrachtete Patricks muskulöse Arme.

„Köstlich, Frau Ahrens, sicher haben Sie ein Geheimrezept."

„Aber ja!" Die Alte zwinkerte ihm zu. Kalte Augen, dachte Britta, so kalt wie immer, und etwas Undefinierbares schnürte ihr den Atem ab. Plötzlich hatte sie das Gefühl, in einer stickigen grünen Hölle zu sitzen.

„Komm, Patrick, lass uns einen Spaziergang machen", presste sie hervor.

Sie nahmen wieder den Weg zur Seebrücke.

„Geht es dir nicht gut?" Die warme Stimme ihres Freundes ließ Britta augenblicklich ruhig werden.

„Doch, doch. Nur ein wenig auslüften."

Patrick ergriff ihre Hände. „Britta, kannst du dir vorstellen, mit mir in den USA zu leben?"

Natürlich konnte sie das. Aber ob Patrick ahnte, wie verzweifelt sie sich von ihrer Mutter und der Pensionsfalle wegwünschte? Klar, es würde hart werden, der Alten die Entscheidung so ins Gesicht zu sagen. Aber sie waren ja zu zweit. „Komm morgen Nachmittag. Bis dahin weiß ich, wie ich es mache."

Sie umarmten sich noch fester.

Sie saßen wieder im Wintergarten.

„Mutter, mein Freund möchte dir etwas sagen."

Patrick sah von seiner Sanddorntorte auf. „Ja, Frau Ahrens, machen wir es kurz: Britta und ich wollen heiraten."

Im Gesicht der Alten zuckte etwas auf. Doch schnell gelang es ihr, sich in ein zuckriges Lächeln zu retten. „Hab ich mir doch fast gedacht. Meinen herzlichen Glückwunsch, Herr Grote!"

„Grote? Ach sagen Sie doch bitte Patrick."

„Einverstanden. Ich heiße Inge."

Das läuft ja gut, dachte Britta. Geradezu unheimlich gut. Und nun sollte sie sogar eine Flasche Sekt holen.

Dann wurde angestoßen und ihre Mutter bot ihm das Du an. Zum Glück musste Patrick nicht fahle Wangen oder – schlimmer – einen eingefallenen Mund küssen. Stattdessen griff Inge Ahrens zum Tortenheber. „Noch ein Stückchen Sanddorn?"

„Gern, Frau – sehr gern, Inge. Für deine Torten könnte ich sterben."

„Na, wir wollen es nicht übertreiben. Wann soll denn das freudige Ereignis stattfinden?"

Im Juli, in rund vier Wochen, erklärte Patrick. Hier auf Rügen. In der Binzer Dorfkirche. Danach würde Britta mit ihm nach Kalifornien gehen.

„... nach Kalifornien gehen", wiederholte die Alte. Ihre Alkoholröte schien sich zu vertiefen. „Wie – was ... für immer?"

„Ja, Mutter, so ist es nun mal. Der Vogel verlässt das Nest."

„Bist du ein Vogel?" Inge Ahrens begann zu kreischen.

Ach, die paar Flugstunden ... heutzutage doch kein Problem ... Patrick versuchte, die Lage zu entschärfen. Leider müsse er zunächst zurück in die USA, um mit seinem Geschäftspartner einige Transaktionen abzuwickeln. „In einem Monat bin ich wieder da.“

„In ei-nem Monat.“ Britta bemerkte, wie ihre Mutter sich neu belebte.

„Der vergeht schnell“, erwiderte sie und wusste, dass nichts falscher war als das.

Sie verabschiedeten sich auf der Seebrücke. Ein vorzeitiger Schnitt, fern vom Flughafen, um einen Rest an Haltung zu bewahren. Auf dem Weg nach Hause umklammerte sie den marmorweißen Stein, den ihr Patrick wie ein Versprechen in die Hand gegeben hatte.

In der ersten Wartewoche las sie alles über Kalifornien.

„Da gibt es andauernd Erdbeben“, sagte ihre Mutter. Britta schwieg und lächelte. Sie dachte an die Mails, die ihr Patrick geschickt hatte. In der zweiten Woche kam nur eine „In Eile Dein Patrick“-Mail. Immer wieder warf sie ihren Laptop an – vergebens. Zum ersten Mal vergaß sie, einem Pensionsgast Kaffee nachzuschenken.

„Wie kannst du nur so naiv sein! Der Mann hat drüben Frau und Kinder“, behauptete ihre Mutter.

Die dritte Woche brach an. Warten. Ein Zustand, der unheilbar blieb und ihren Alltag durchzog wie eine schwere Krankheit.

„Der kommt nicht wieder“, höhnte ihre Mutter.

In der vierten Woche sandte Patrick die Flugdaten. Britta las sie wieder und wieder, druckte sie aus und legte das Blatt in ihre Nachttischlade. Kein Wort zu der Alten. Sie nahm den marmorweißen Stein und presste ihn an sich, als sei er ein Amulett.

Ein Anruf aus dem *Arkona Strandhotel*. Patrick war zurück. Seine Worte eine selbstverständliche Umarmung.

„Morgen Nachmittag kommt Patrick hierher“, sagte sie zu ihrer Mutter. „Wir wollen alles zur Hochzeit besprechen.“

„Nein!“ Inge Ahrens starrte ihre Tochter an, als sei soeben ein Geist erschienen.

„Doch, Mutter. Und ich wäre dir sehr verbunden, wenn du ein paar schöne Torten backen würdest.“

Die Alte wandte sich dem Herd zu. „Warum nicht? Wenn dich das glücklich macht.“

An diesem Nachmittag wurde die *Villa Sommerlicht* ihrem Namen voll gerecht. Britta setzte sich auf einen Gartenstuhl und sog mit Blicken das Farbenspiel der Blüten ein. Wie wunderbar würden die sich auf ihrer Festtafel machen! Allerdings nicht der tiefgelbe Oleander, an dem ihre Mutter, angetan mit Handschuhen, gerade hantierte. Der war giftig. Tödlich giftig sogar.

Inge Ahrens begrüßte den Heimgekehrten mit einem Lächeln. Säuerlich wie unser Rügener Sanddorn, fiel Britta ein. Im Wintergarten hatte sie den Kaffeetisch mit blau-weißem Fayence-Geschirr gedeckt. Hier würde ihre Mutter in Zukunft allein sitzen. Die kam herein, fröhlich geschäftig, und stellte eine orange-gelbe Torte auf den Tisch.

„Ein kleiner Vorgeschmack für eure Hochzeit."

„Sanddorn?", fragte Patrick. Es klang wie ein vertrautes Spiel.

„Natürlich, mein Lieber. Sanddorn. Und dieses Stück ist extra für dich."

Britta schaute auf die Torte mit dem sahneweißen großen P. Und ich?, dachte sie. „Später, für die richtige Hochzeitstorte, verziere ich natürlich alles auch mit B", erklärte ihre Mutter, hob das Stück heraus und ließ es auf Patricks Teller gleiten. Nun müsse sie aber in die Küche.

Britta füllte sich auf. „Du meine Güte, du bist ja schon ihr Augapfel."

„Soweit kommt's noch." Patrick löffelte eine Sahne-schliere von der Torte und malte mit zärtlicher Akkuratesse das große P zu einem B aus. „Das ist für dich." Er tauschte ihre Teller.

„Wie lieb von dir!" Genussvoll begann sie zu essen. „Da sind wohl diesmal Nüsse drin ..."

„Bei mir nicht." Patrick kostete intensiver.

Britta aß weiter. „Schmeckt irgendwie seltsam", konnte sie noch sagen, bevor ihr Herzschlag immer langsamer wurde und schließlich unrettbar zum Stillstand kam.

EINE NACHT IN NIZZA
Côte d'Azur

Es war seine letzte Chance. Wenn er jetzt nicht ins Blatt käme, mit einer guten, ja brillanten Geschichte, dann ...

„Die Sechziger und Siebziger Jahre sind ganz schwer in", sagte Markus Ebert auf der Redaktionskonferenz. Er rief es fast, aus dem Hintergrund der zweiten, an der Wand klebenden Stuhlreihe. Gegen diese verdammten Journalisten-Rücken vor ihm, gegen die angeblich Besserschreibenden, die im Gegensatz zu ihm gedruckt wurden, hinüber zu den drei Chefredakteuren auf ihren Königsplätzen an der Schmalseite des ovalen Tisches.

„Gisèle Lichtenberg, *die* Ikone der Swinging Sixties. Lebt in Nizza. Ich könnte die Alte ausgraben. Wilde Lebensstory." Er sprach im Stakkato, überschnell, als könne das Fallbeil einer beendenden Bemerkung sekündlich auf ihn niedersausen. Und zynischer, als er eigentlich war. Berufsjargon, um keine Blöße zu bieten – er wusste über sich Bescheid.

„Ach was, die lebt noch?" Chefredakteur Nummer zwei, präsent auf jeder Promi-Party, wandte den Kopf in seine Richtung. „Und wie? Strandhütte, verarmt, Hartz IV?"

„Nein, im Hotel. Im *Negresco*. Als Dauergast."

„Oh, là. là!", bemerkte jemand aus der First-class-Reihe. „Da wohnte doch diese Tänzerin. Isadora Duncan. Wurde im Bugatti von ihrem eigenen Schal erwürgt."

„Falsch", kommentierte ein anderer. „Es war Genickbruch."

Chefredakteur Nummer eins, den sie „das Krokodil" nannten, hob seinen massigen Körper an. Die halb geschlossenen Augen öffneten sich zu dem gefürchteten tückischen Angriffsblick.

„Einsam?" Er blinzelte den Reporter an.

Der verstand sofort. „Sehr, sehr einsam. Und scheu wie eine Gazelle. Die Lichtenberg hat seit zwanzig Jahren kein Interview mehr gegeben."

„Gut. Machen Sie das. Die große Glamour-Story. Sie wohnen im *Negresco*. Ich gebe Ihnen drei Tage Zeit, die Lichtenberg zu knacken."

Markus Ebert fühlte nur noch ein Brausen im Kopf. Er hörte nichts mehr. Wann war diese blöde Konferenz vorbei? In seinem Büro sank er in den grauen Designerstuhl. Gedanken stürmten chaotisch auf ihn ein. Wie würde er der Lichtenberg näherkommen? Geradewegs ansprechen? Visitenkarte zustellen lassen? Einen unerhörten, charmanten Zufall konstruieren? Mensch, Markus, du weißt doch, wie es geht, hast es bisher noch immer geschafft ... Er griff in die Schublade nach dem Wodka.

Im *Negresco*, diesem wunderschönen Belle Époque-Palast an der Rue des Anglais, hatte sie ein Zimmer im Art déco-Stil genommen. Reduzierte Eleganz – so setzte sie sich auch selbst in Szene. Sie trat auf den Balkon. Eine schmiedeeiserne Balustrade, dahinter Palmen und das Meer, ein weißer Tisch mit einem Stillleben aus Früchten, Gebäck, Orangensaft. Sie sollte wieder Aquarelle malen. Ein paar entspannende Fingerübungen zwischen ihren Skandal-Happenings würden ihre Stimmung vielleicht aufhellen. Sie lehnte sich auf dem Balkonstuhl zurück, schloss die Augen, ließ das Licht durch ihre Lider fließen. Dieses silberne, mediterrane Licht, das die Farben zum Leuchten brachte.

Ihr Leben in den USA war in der Bilanz ein Desaster gewesen. Warum sie diesen ältlichen amerikanischen Filmproduzenten geheiratet hatte, wusste sie nicht mehr. Er hatte einen Film mit ihr machen wollen. Mit ihr, Gisèle, dem weltberühmten Model. Sie brauche nur sich selbst zu spielen. Das hatte geklappt. Allein der erotische Akt, den sie mit dem Kollegen hingelegt hatte, hatte dem Film gigantische Verkaufszahlen beschert. Dabei hatte sie schon damals erwogen, mit dem Posieren aufzuhören. Gut, ihre Coverauftritte bei *Vogue* oder *Harper's Bazaar* waren durch keine Konkurrentin zu überstrahlen gewesen, aber nachdem ein Journalist sie als „alterndes Nymphchen" bezeichnet hatte, war ihre Sicherheit brüchig geworden. Diese Journalisten! Eine schreckliche Gattung. Fahndeten in der Schönheit nach Falten und Verfall, um das Ergebnis schadenfroh mit ihren Lesern zu teilen.

Nach dem Film war sie ausgebrannt und krank vor Selbstzweifel in der Psychiatrie gelandet. „Meine amerikanische Depression" nannte sie das fortan. Danach die Entscheidung: nie mehr fremdbestimmt um den Globus jetten. Stattdessen: verschwinden. Am besten in der Kunst. Was für eine Fügung, als ihr angetrauter Filmproduzent einem Herzinfarkt erlag und ihr ein beträchtliches Vermögen hinterließ. Sofort war sie nach Europa zurückgekehrt.

Gisèle, das Model, gab es nicht mehr, nur noch Gisèle, die Künstlerin. Das Programm „Model auf dem Abstieg" hatte sie durchkreuzt, ihren Körper entzogen, indem sie ihn wild bemalte, ihn verbarg hinter Netzen und Rüstungen, ihn vermählte mit den Fundstücken der Natur. Dreißig Jahre lang hatte sie sich immer wieder neu erfunden, um nicht gefunden zu werden.

Und jetzt war sie bedenklich leer gesogen. Hatte sich mit 72 Jahren in die komfortable Anonymität des *Negresco* geflüchtet. War der Lebensfunke noch einmal zu entfachen? Sie fühlte, wie die Septembersonne ihre Haut durchwärmte. Unten in der Bar, englisch gestylt in Nussbaum, hatte sie ein junger Mann umschlichen. Was heißt jung, Mitte vierzig etwa.

Weißes offenes Hemd, dunkles, zur Seite fallendes Haar. Schlank. Durchaus attraktiv. Er hatte sie angelächelt, etwas länger als üblich. Sie dachte daran, dass ihre Lover stets jünger gewesen waren. Das Gesicht des Fremden kam ihr auf eine schattenhafte Art bekannt vor. Und dieser Eindruck war keineswegs angenehm.

Markus Ebert überlegte, wo sie sein könnte. In ihrer Suite? Oder unten, in einem der pompösen Salons mit den ebenso pompösen französischen Namen? An der Rezeption hatte man ihm einen Hinweis gegeben, er möge mal in die Bar, ins *Le Relais*, schauen. Er sah sich um. Es war später Vormittag, Gäste, so bunt wie ihre Cocktails, verwarteten die Zeit bis zum Dinner. Plötzlich sprang sein Herz aus dem Takt. Da saß sie, vielmehr thronte sie: Gisèle Lichtenberg. In einem der braunen Velourssessel. Er schlenderte, ohne aufzublicken, zu einem nur wenige Meter entfernten Tischchen. Unglaublich, wie nah er seiner Beute schon war. Erster Kontaktversuch. Und tatsächlich: Sie lächelte zurück. In der Dosierung natürlich sparsamer als er, das entsprach ihrer selbstgewissen Haltung.

„Fräuleinwunder" hatte man sie genannt. Ist sie schön?, fragte er sich. Gewesen vielleicht. Weil Jungsein es leicht macht, als schön zu gelten. Jetzt war sie eher speziell. Noch immer überschlank und übergroß, die langen Glieder steckten in einer Flatterhose und einer dekolleté-tief aufgeknöpften Seidenbluse. Eine schwarze Gazelle, dachte er. Ihr Mund noch immer eine volle, signalrot bemalte Blüte. Markus Ebert schickte erneut ein Lächeln hinüber. Sie hob, durchaus animiert, ein wenig die Mundwinkel und strich sich über die am Hinterkopf verzwirbelten aschigen Haare. War sie nervös? Nervös geworden durch ihn? Er glaubte es. Als Mann versagte er selten.

Sie steckte sich eine Zigarette zwischen die Lippen. Wühlte in ihrer überdimensionierten roten Lacktasche. Das Wühlen ging weiter, und Markus Ebert schaltete, sprang zu ihr hinüber und hielt ihr sein Feuerzeug entgegen. Nein, sie umschloss nicht seine Hand mit der ihren, so wie man es in Filmen sieht. Sie blieb unnahbar, und er wusste, dass noch viel zu tun war.

„Merci", sagte sie mit leiser, rauer Stimme.

Er sah ihr in die Augen, fast beschwörend, mit einem tiefen, dunklen Erotikblick. „Gern." Er deutete eine Verbeugung an und verließ die Bar.

Intuitiv war ihm klar, wie er am besten vorgehen musste. Weiße Lilien kaufen. Ihre Lieblingsblumen, wie jeder wusste. Auf diese Weise würde er gleich den berühmten Blumenmarkt von Nizza kennenlernen. Nur fünfzehn Minuten waren es bis zu der Altstadt. Mit lange nicht gefühlter Energie ging er los und tauchte in das Marktleben ein. Er hätte gern alles genossen, die bunten Sträuße aus Rosen, Gerbera und Dahlien, die Stände mit den kandierten Früchten, die Auslagen mit Hummer und Garnelen, einen Café au lait trinken unter der gestreiften Markise ... nein, es ging nicht. Der Krokodil-Chef in Hamburg kannte kein Pardon. Er kaufte die Lilien und eilte zurück.

Gisèle Lichtenberg sog den Duft der weißen Blüten ein und versorgte den Strauß mit Wasser. Eine letzte wohlige Verzögerung, bevor sie den Umschlag aufriss. Lange hatte sie keine Blumen mehr bekommen. Ein Kärtchen mit handschriftlicher Zeile: „Ihr Verehrer aus der Bar." Dazu die Zimmernummer. Sie drehte das Kärtchen um: DAS MAGAZIN. Markus Ebert, Redakteur. Ach so, die Presse. Ein „Verehrer" mit ganz anderen Absichten. Noch einmal schaute sie auf den Namen – und ein eisiger Schock zog alles in ihr zusammen. „Markus Ebert", flüsterte sie. Ihr wurde schwindlig, sie musste sich in einen Sessel retten.

Kein Zweifel: Er war es. Der schattenhafte Eindruck, als sie ihn im Hotel gesehen hatte, verdichtete sich zu einem sehr konkreten Bild. Fünfzehn Jahre war das nun her. Für seine tödliche Tat war er mit zehn Monaten Haft davongekommen. Eine lächerliche Strafe. Der Hass von damals sprang sie so plötzlich an, dass sie über sich selbst erschrak. Gleichzeitig breiteten sich Genussgefühle aus. Es würde end-

lich Befriedigung geben, eine dauerhaft glückliche Ruhe einkehren. Warum war sie oft so depressiv? Weil das Gefühl der Ohnmacht immer noch in ihr weiterschwelte. Dieser Markus Ebert hatte auch sie zum Opfer gemacht. Nur wusste er es nicht. Das bot ihr jetzt die subtilsten Möglichkeiten.
Sie würde sich für den Strauß bedanken. Selbstverständlich. Aber nicht gleich. Er wollte eine Story – was sonst? Die würde ihren Preis haben.

Er durchstreifte die Salons, ließ sich schließlich im riesigen Rondell der Eingangshalle in einem der Louis-Seize-Sessel nieder. Über ihm die von Eiffel kreierte, mit Engeln verzierte Glaskuppe, ein Kronleuchter aus Baccarat-Kristall, weiße Säulen mit Golddekor – er sah die Fin de Siècle-Pracht, ohne sie wirklich zu sehen. Teestunde – und noch keine Spur von ihr. Würde sie sich überhaupt bedanken? Aber ja, beruhigte er sich, bei ihrer noblen Herkunft war gar nichts anderes möglich. Wann würde er sie am Haken haben? Nur drei Tage ... und der erste war schon bald vorbei. Sie sei in ihrer Suite, hatte man ihm gesagt. Anrufen? Er stand auf und flanierte erneut an der Rezeption auf und ab. Eine Nachricht, bitte eine Nachricht, flehte es in ihm. Und er hatte Glück. Die romanischen Brauen ein wenig angehoben, überreichte ihm der Empfangschef ein Briefchen. Markus Ebert nahm den Schatz mit aufs Zimmer. Danke für die Blumen, um 18 Uhr möge er sie anrufen, Gisèle. Eine steile, schwungvolle Schrift. Noch eine knappe Stunde. Um irgendetwas zu tun, begann er sich zu duschen.

Pünktlich, unter albern wildem Herzklopfen, wählte er ihre Nummer. Er brachte ein paar konventionelle Worte hervor, und sie antwortete mit einem melodiösen, rauen Lachen.

„Natürlich weiß ich, was Sie wollen – mein ganzes Leben, nicht wahr?" Ja, er kriege die Story. Um 19 Uhr möge er in ihre Suite kommen, sie lasse ein kleines Souper servieren.

Na also. Das alte Hippie-Mädchen war geil auf ein Comeback. Er atmete auf.

Zufrieden blickte sie auf den Tisch: gefüllte Teigtaschen nach Nizzaer Art, Tomatensalat, schwarze Oliven, eine Schale mit Feigen. Und vor allem: Alkohol. Berauschendes in allen Prozentklassen. Ihr Gast erschien mit Diktafon und Kamera, in einem grauen Hemd mit schwarzer Krawatte. Sieht verdammt gut aus, dachte sie. Würde ihm aber auch nicht mehr helfen.

„Einen Pastis zur Begrüßung?" Sie reichte ihm ein Glas. In der linken hielt sie lässig ihre Zigarette. „Santé!"

„Danke." Er trank, sah zu seinem Diktafon hinüber, trank weiter. Seine Sneakers wippten.

„So fangen Sie doch an!" In ihren blassblauen Augen lag Spott.

„Ja, natürlich.“ Er lächelte befreit. „Kompliment, Sie verstehen die Reporterseelen.“

Er legte das Gerät auf den Tisch und warf einen Blick auf die Speisen. In den Gläsern funkelte Burgunder.

„Greifen Sie zu!“ Sie wölbte die Lippen und umschloss damit eine Olive.

„Nein, nein. Erst das Interview.“ Er griff zu seinem Rotweinglas. Dann schaltete er das Diktafon ein.

Seine Fragen hatte sie erwartet. Ja, das wollten sie wissen: Wie lebt die Alte jetzt? Wenigstens ein Gigolo an ihrer Seite? Ist sie abgetaucht, weil ihre „Schutt-Bilder“ längst passé sind?

„Viele halten Sie für rätselhaft und schwer zu fassen. Wie sehen Sie sich selbst?“

„Ergründen *Sie* es doch. – Eine Feige zwischendurch?“

Er schüttelte heftig den Kopf und leerte erneut sein Glas. Sie bemerkte, wie sein Sprechen bereits schleifiger herüberkam und seine Fragen auf fast unverschämte Weise direkt wurden.

„Und nun, bitte, Ihre wilden Siebziger.“ Wie sei das genau gewesen, mit Willy Brandt im Schlafwagen, mit dem Sex in der Kommune ...

„Ja, wir waren ständig bekifft. Beim Aufwachen wusste ich manchmal nicht, wer da neben mir lag.“

Er sollte sein Futter haben. „Und das ist noch nicht alles.“ Sie nickte bedeutungsschwer.

„Entschuldigen Sie ...“ Er schaltete das Aufnahme-
gerät aus. Leicht schwankend erhob er sich.

„Dort.“ Sie wies zum Badezimmer.

Endlich, dachte sie. Sie schlängelte zur Kommode
und entnahm ein Tütchen. Sie füllte sein Glas mit
dem Rotwein auf und rührte das Schlafpulver ein.

„Santé!“ Gisèle Lichtenberg ließ ihr Glas an seines
klirren und schob ihm die Platte mit den Tomaten zu.

„Liebesäpfel.“ Sie öffnete einen Knopf ihres grün-
seidenen Overalls. „Und jetzt erfahren Sie etwas aus
meinem Leben, von dem Sie noch nie gehört
haben.“

Ebert schaltete das Diktafon ein. Seine Gesichtsfarbe
glich jetzt dem Burgunder.

„Sind Sie“ – sie sprach betont deutlich – „vor fünfzehn Jahren zu zehn Monaten Haft verurteilt
worden?“

„Wie kommen Sie denn darauf?“

„Stimmt es, oder stimmt es nicht?“

„Ja ... schon, aber was hat das mit dem Interview zu
tun?“

„Sehr viel. Sie haben damals mein Leben zerstört.“

„Ich?“ Der Reporter blickte sie aus trüben Augen an.

„Ja, Sie. Sie waren total betrunken und haben meinen Geliebten totgefahren.“

„Ihren Geliebten?“

„Ja. Thomas Laurien, meinen zwanzig Jahre jünge-
ren Freund, den ich einen Tag später adoptieren
wollte.“
„Adoptieren?“, lallte Ebert. „Warum?“
Ja, das würde dieser saufende Schreiberling natürlich nicht verstehen, selbst wenn er sie jetzt noch gehört hätte. Damals hatte sie unter all den Verkleidun-
gen immer nur ihre Einsamkeit versteckt. Einzelkind, die Eltern schon tot, Männer, die nur ihre Hülle
liebten. Ein Adoptivsohn – es wäre *die* Lösung
gewesen.
Nach der Tat hatte man Thomas’ Mutter interviewt.
Von einer geplanten Adoption, da waren sie und
Frau Laurien sich einig gewesen, sollte nichts in die
Presse kommen.
Sie stand auf, sah auf den schnarchenden Reporter
hinunter und nahm das Gerät vom Tisch. Leise ging
sie zur Kommode hinüber und versenkte es in der
mit Lilien gefüllten Keramikvase.
Dann beorderte sie zwei Hotelangestellte zu sich
hinauf.
„Bitte entfernen Sie diesen Mann. Er wollte ein In-
terview, hat sich aber nur betrunken. Markus Ebert,
ein Hotelgast.“
Die Livrierten schleiften den Weggedrifteten hinaus,
sie folgte mit seinen Gerätschaften noch bis zum
Fahrstuhl. Wieder im Zimmer, öffnete sie die Bal-

kontür und gab sich aufatmend der blinkenden Schwärze des Nizzaer Nachthimmels hin.

Markus Ebert bemerkte die Katastrophe noch im Hotel und wusste, dass er verloren hatte. Den Diebstahl würde die Lichtenberg tiefempört von sich weisen, ihn angesichts der nächtlichen Zweisamkeit vielleicht noch sexueller Übergriffe bezichtigen. Zu den Fotos war es ohnehin nicht mehr gekommen. Er flog zurück nach Hamburg und war sich sicher, dass das „Krokodil" ihn feuern würde. Es sei denn ... er würde sich selbst zum Thema machen. Seine damalige Todesfahrt und die damit verknüpfte sensationelle Adoptionsgeschichte! Noch am nächsten Morgen, auf dem Weg in die Redaktion, beflügelte ihn sein rettender Einfall. Euphorisch und belebt vom ersten Wodka, lief er auf die Straße. Zu spät bemerkte er das heranschießende Auto, das ihn niederriss und auslöschte.

MIT FREMDEN FEDERN
Hamburg

Gerhild Materna wohnt im Nachbarhaus. In einem dieser wunderbar restaurierten Hamburger Gründerzeit-Häuser. Harvestehude, stadtnah mit Gartengrün. Gerhild ist Autorin, und ich bin Autorin. Noch immer hatte ich die Hoffnung, dass wir uns inspirieren statt bekämpfen könnten, und so traf ich mich mit ihr. Ein kurzer gemeinsamer Fußweg zur *Mathilde*, der derzeit angesagten Literatur-Kneipe in der Bogenstraße. Gerhild trabte voraus, schließlich ist sie das Alpha-Tier, und wälzte ihre matronenhaften Massen die drei Stufen hoch. Drinnen war der lange Holztisch schon gut besetzt mit Sternen und Sternchen der Literaturszene. Motto: ‚Autorinnen treffen Autorinnen‘.

„Hier“, sagte ich zu Gerhild. „Noch zwei Plätze nebeneinander.“

„Nein, danke. Nicht neben dir. Da lerne ich ja keine neuen Leute kennen.“

Ich ließ ihr den Mittelplatz und verzog mich ans Katzen-Ende. Klar, ich bin ja nur ihr Satellit. Gerhild schreibt Bestseller, ich kann bloß ein paar mäßig erfolgreiche Krimis vorweisen.

Neben mir eine junge Blonde. Die quatschte gleich los und erzählte mir mit leuchtenden Ohren, dass gerade ‚Familie Holzwurm’, ihr allererstes Werk, im

Bleistift-Verlag herausgekommen sei. „Interessant", bemerkte ich und schielte zur Tischmitte. Dort klangen Gläser, verkeilten sich Köpfe, zerplatzten die Lacher. Gerhild, unsere neue Bestseller-Queen, plauderte aus dem Schreibkästchen.

„Willst du nicht mal einen Krimi schreiben?", rief ihr jemand zu. „So wie Henning Mankell?"

Ich sah, wie Gerhild den Kopf in meine Richtung drehte. „Ich? Bestimmt nicht. Krimis schreibt doch heute jede Putzfrau."

Ich griff zum Glas und gab mich dem Wein hin. Dauerfeindschaft. So würde es immer sein.

Gerhild Materna – eigentlich: Meyer – hatte sich zunächst mit ein paar Ratgebern von der Hausfrau zur Sachbuchautorin hoch geschrieben. Das Brevier ‚Jede kann schlank sein' war ein Renner geworden. Allerdings hatte sie damit, als sie es in unverminderter Leibesfülle der Presse präsentierte, eine gewisse Peinlichkeit ausgelöst. Das Nachfolgewerk ‚Jede kann schön sein' passte wiederum nicht ganz zu ihrer Knollennase. Und nun der Durchbruch mit dem Buch ‚Frauen brauchen junge Kerle'.

Auch diesen Abend beendete Gerhild als Besoffene. Und ich durfte sie wieder mal nach Hause schleifen. Sie ist ebenso groß wie quallig, während ich, das darf ich ruhig sagen, zierlich, schlank und attraktiv bin. Ich konnte sie kaum stemmen und verwünschte meine High Heels.

„Weiss-tu", lallte sie, „dass tu wirk-lich meine Freunnin bist, meine aller-, allerbeste Freunnin? Weiss-tu, dass du ein ganz, ganz ssauber-hafter Mensch biss?"

Ich dachte an etwas Anderes. Wenn ich sie einfach zurück ließe ... torkelnd auf der wenig beleuchteten Fahrbahn? Leicht war auch ein Sturz möglich, ihre Hüften waren nicht mehr die besten. Leider, leider bin ich keine Mörderin. Und so zerrte ich sie bis zu ihrem Haus, stopfte sie in den Fahrstuhl, schloss oben die Tür zu ihrer Wohnung auf.

„Attila, Attila – ah, da biss tu ja, mein Süßer!"

Ich finde, beim Nachhausekommen sollte ein Mann in der Tür stehen. Gerhild hielt das anders. Sie herzte wieder diesen höllenschwarzen Kater, der mich aus grünen Augen hassvoll anfunkelte.

Gerhild ließ sich aufs Bett platschen. „Dange, dange, dange – meine aller-beste Freunnin." Mehr davon wollte ich nicht hören. Ich ging und zog die Tür ins Schloss.

Zuhause warf ich Spitzentop, Blazer und Rock auf den Stuhl und legte mich leise zu meinem Eheliebsten. Gerhild und ich, wir sind Anfang fünfzig. Aber du meine Güte, wen hatte die an ihrer Seite. Das waren doch nur muttersüchtige, mittellose Weicheier, die ihr da hinterher watschelten. Gerhilds Ehemänner hatten längst die Flucht ergriffen, stattdessen gab's jetzt diesen Kater. Als Autorin jedoch, und da nagen tiefgelbe Gefühle an mir, da hat sie mich mit Bravour überholt. Ich musste etwas unternehmen, unbedingt ... Mit dieser Kampfansage schlief ich endlich ein.

Das große Spektakel zu Gerhilds Erfolgsgranate fand im Literaturhaus am Schwanenwik statt. Eine wahrhaft olympische Adresse. Hier, in dem Jugendstil-Haus mit Alsterblick, hatten schon Günter Grass und Martin Walser gelesen. Und nun Gerhild Meyer alias Materna. Lesung, Podiumsdiskussion, Stehparty und Überreichung des Amazonen-Preises – man konnte wirklich von ‚Event' sprechen.
Der Kronleuchter-Saal war dunkel vor Menschen. Einmal wegen der bedrängenden Fülle, zum anderen, weil das modische Outfit der Damen nach wie vor von pechschwarzem Purismus dominiert wurde. Ein Geraune erhob sich und schwoll an, als sich jetzt Gerhild im gewohnt feuerroten Kleid wie eine Flammenwalze durch die Massen schob und unter leichtem Schwanken das Podest erklomm. Noch einmal brandete Applaus auf, den die Diva des Wortes mit einer kleinen gebieterischen Geste niederzwang.
Eine Dame mit grauem Borstenhaar läutete das Ganze ein: „... eine neue weiblich-radikale Sicht ... eine erfrischend provozierende Art, die festgefahrene Beziehungskiste auf den Kopf zu stellen ... Frau und Mann in ganz neuen eigenwilligen Positionen ..."

Hier kam unschickliches Gelächter auf, das jedoch verebbte, als Gerhild zur Lesung ansetzte.

Meine Gedanken schweiften ab. Wie hatte es Gerhild geschafft, in so kurzer Zeit diesen Aufreger zu schreiben?

„... ein Irrtum zu glauben, dass Frauen und Männer einander verstehen müssen", hörte ich ihre sandige Stimme. „Mars und Venus, diese mysteriöse, erotisch vitale Spannung darf nicht verloren gehen ... Der junge Kerl wird genommen ... der Handwerker, der Software-Verkäufer, der Gärtner ... auch von der älteren Frau. Frau fragt nicht, frau nimmt ... Und glauben Sie mir, die Jungens *lassen* sich nehmen, versuchen Sie's nur mal!"

Ein vollbärtiger junger Mann war aufgestanden und schob seine Daumen in die Jeanstaschen.

„Geiles Angebot", rief er zu Gerhild hinüber. „Wie wär's mit heute Abend?"

Gerhild schnappte nach Luft, dann entspannten sich ihre Züge in einem boshaften Lächeln.

„Ja, wenn du zuvor deinen Urwald gerodet hast und unter die Dusche gegangen bist."

Anhaltendes Gejohle. Endlich wurde weitergelesen. Ich schloss die Augen, konzentrierte mich auf jedes Wort. Worin lag das kreative Geheimnis? Plötzlich ließ mich etwas aufmerken. Was war denn das? Das konnte doch nicht von Gerhild sein. Dieser andere Ton ... diese frechen, polemischen Texte stammten von ... ja, von wem denn bloß? Das Buch musste bei mir zu Hause liegen! Wahrscheinlich aus dem modernen Antiquariat. Aber jetzt konnte ich ja nicht einfach gehen ...

Die anschließende Diskussion nahm mich wieder gefangen. „Verrat am Feminismus", schrie eine Frauenstimme. „Das ist doch alles degoutante Porno-Prosa. Und dafür sollen Sie den Amazonen-Preis kriegen?" Ein Tumult bahnte sich an. Begierig hielten hunderte von Augenpaaren nach einem Eklat Ausschau, Kameras blitzten, was das Zeug hielt.

Die herbe Grauhaarige trat erneut aufs Podium, und zur Enttäuschung der Sensationssüchtigen wurde programmgemäß der Amazonen-Preis an die freudig bebende Gerhild vergeben.

Ich raste nach Hause, als gäbe es keine Radarfallen. Ich stürzte ins Arbeitszimmer und baute mich vor der Abteilung ‚Frauenliteratur' auf. Wer konnte es sein? Ich zog ein Buch nach dem anderen heraus. Amanda Brown? Nein, zu sachlich. Melanie Cox? Nein, zu altmodisch. Aber dieses angestaubte, zerlesene Exemplar da hinten – ja, natürlich! ‚Die begehrende Frau', das war die Diebesquelle! Von Birte Heiberg, einer längst vergessenen dänischen Alt-Emanze. Ich durcheilte die Seiten. Hier stand ja alles, tatsächlich, Passage für Passage, nur der 70er-Jahre-Jargon war bei Gerhild etwas umgemodelt.

Ich ließ mich mit meinem Fund in einen Sessel fallen. Na, das würde vielleicht ein Skandälchen geben! Wenn ich *das* auffliegen ließ, dann konnte sich Madame Materna wieder hinters Bügelbrett zurückziehen und ihr Leben mit ‚backe, backe Kuchen' beschließen. Gleich morgen würde ich Gerhild mit ihrer Klauerei konfrontieren.

Am nächsten Vormittag klingelte mein Telefon. Gerhild.
„Kommst du auf einen Wein rüber? Ich muss mit dir unbedingt den gestrigen Abend bequatschen."
„Klar, ich komme."
Sie machte mir in einem orangeroten Hauskleid die Tür auf und kurvte voran ins Wohnzimmer. Auf der Sofalehne lauerte der Kater und glühte mich an. Dann ein Satz, und er stand fauchend vor meinen Füßen. Ich unterdrückte einen Fluch.
„Aber Attila", säuselte Gerhild. „Was machst du denn da? Das mag die Simone aber gar nicht! Nun geh, mein Süßer, ja, so ist's gut."
Meine Rivalin sah kaputt, aber zufrieden aus. Wir warfen uns in die weiße Sitzgruppe, und sie schenkte den Wein ein. Mit einer Wie-war-ich-Miene blickte sie mich an.
Ich hob mein Glas. „Auf deinen wirklich grandiosen Erfolg!"
„Danke. Bei dem Klamauk dachte ich erst, ich geh mit Glanz und Gloria unter, aber dann – "

„Dann hast du deinen ehrlich verdienten Preis bekommen."

Sie schaute leicht irritiert. „Nun ja, ein Quentchen Glück war auch dabei."

„Wie nennt man es eigentlich, wenn jemand Birte Heiberg abschreibt und sich dafür als Bestseller-Autorin feiern lässt?" Meine Frage kam wie ein Geschoss. „Sich mit fremden Federn schmücken, nennt man das."

Gerhilds Gesicht durchlief ein Zucken. Sie atmete hörbar, dann fiel ihr die Antwort ein.

„Ich habe die Texte nur als Zitate verwendet."

Das war stark. „Belüg' dich doch nicht selbst", sagte ich scharf. „Du kannst jetzt nur noch zum Verlag gehen und deinen geistigen Diebstahl bekennen. Es gibt keinen anderen Weg. Bevor jemand anderer aktiv wird ..."

Gerhild umklammerte ihr Glas. „Willst du mir drohen? Willst du mich anzeigen?"

Ich erhob mich. „Ich? Das wird nicht nötig sein. Ich denke, du hast selbst Anstand genug, der Wahrheit die Ehre zu geben. Natürlich wird es sich nicht ganz vermeiden lassen, dass der Fall in die Presse kommt." Ich ging, während sie wie festgeheftet auf dem Sofa blieb.

Einige Tage waren vergangen, an denen wir mit knappem Gruß aneinander vorbeigehastet waren. Ich dachte an einen anonymen Hinweis, zwischendurch erwog ich, alles zu vergessen und endlich den eigenen Mega-Super-Bestseller zu schreiben. Von Gerhild war nichts zu sehen. Was die wohl ausbrütete? Wollte sie, wieder mal, theatralisch mit mir Schluss machen, da generell zwischen uns ‚die Chemie‘ nicht stimme? Ich lächelte in mich hinein. Spätestens, wenn sie ihr nächstes Haushaltsgerät demoliert hatte, würde sie vor unserer Tür stehen und mit Katzenstimme fragen, ob Andy, mein Mann, ihr ‚mal eben‘ helfen könne ...

Mein Telefon klingelte. Gerhild – wer hätte das gedacht.

„Wir sollten wieder miteinander reden. Ich hab' mir noch mal alles überlegt. Ich denke, du hast Recht, ich sollte die Sache in Ordnung bringen. Kommst du rüber?“

„Bin gleich da.“

Gerhild bat mich ins Wohnzimmer. „Setz dich doch“, sagte sie mit ungewohnt hoher Stimme. „Attila tut dir nichts.“ Der Kater hockte wieder auf der Sofalehne. Ich sank in die Sitzgruppe. „Was genau wirst du jetzt unternehmen?“

„Ganz einfach“, erwiderte sie. „Ich werde dem Verlag mitteilen, dass ich Texte von Heiberg übernommen habe.“

„Du gibst es also zu?“

„Na, wegleugnen lässt es sich ja wohl nicht.“ Mit süßlichem Lächeln setzte sie hinzu: „Wie wär's mit einem Milch-Shake als Friedensangebot? Ich bin gerade dabei, meinen Alkoholkonsum etwas einzuschränken."

„Ja, warum nicht? Klingt lecker."

„Ist auch lecker. Mit Vanille, dazu ein Hauch Banane."

Gut, dachte ich, die Sache würde ins Reine kommen. Andererseits: Würde das nicht Gerhilds Karriere, ja, ihre Existenz komplett vernichten? Seltsam, dieser plötzliche Umschwung. Ich musste am Ball bleiben.

„Ich mach' mal eben die Drinks fertig." Gerhild walzte raumgreifend in die Küche. Kurz darauf hörte ich das Rotieren des Mixers. Ich begann zu warten. Warum brauchte sie denn so lange? Endlich. Vorsichtig vor ihrem Wallekleid ein Tablett balancierend, kehrte Gerhild mit zwei gefüllten hohen Gläsern zurück und setzte eins vor mir ab.

„Zum Wohl! Es lebe die Abstinenz!" Sie nahm einen Schluck.

In der Schale auf dem Tisch zog mich das saftige Grün von ein paar Äpfeln an. „Darf ich mir einen nehmen? Hab' heute noch gar nichts gegessen."

„Bitte." Gerhild griff nach einem Apfel, um ihn mir herüberzureichen, gleichzeitig streckte ich meine Hand aus. Plötzlich ließ mich ein sausendes Geräusch zusammenzucken. Der Kater – im Sprung von der Sofalehne auf den Boden. Vor Schreck entglitt mir der Apfel, fiel aufs Glas, das Glas kippte um. Es war zwar heil geblieben, aber dennoch: wie peinlich – der milchige Mix lief vom Tisch auf den Terracottaboden. Nur einem gefiel das – dem grässlichen Kater. Begehrlich schleckte er alles vom Boden auf.

„Attila, weg, weg!", schrie Gerhild auf. „Was machst du denn da? Weg, weg, Attila!"

Du meine Güte, dachte ich, warum wurde sie denn so panisch? Das Vieh würde ja wohl sein liebstes Getränk vertragen. Echt schade, dass ich es selbst nicht hatte genießen können. Als Gerhild ihren Hausgenossen auf den Arm nahm, hatte er die letzten Rinnsale weggeschluckt.

Ich hatte genug von den Turbulenzen. Immer dieser Kater. Unberechenbar. „Das ist wohl nicht unser Tag", bemerkte ich. „Hab' auch gleich einen Termin. Also dann: Fortsetzung folgt." Damit war ich zur Tür hinaus.

Einen Tag später traf ich auf der Straße eine Hausbewohnerin von Gerhild. „Haben Sie das schon gehört?", flüsterte die Nachbarin. „Frau Materna muss ihre Katze begraben. Das arme Tier ist plötzlich krank geworden. Krämpfe. Und nun ist es tot." Schockartig überfiel mich ein Unbehagen. „Das ist ja nicht zu glauben –, ich meine, – äh – das ist sehr tragisch für Frau Materna."

Ich eilte nach Hause und brühte mir einen Beruhigungstee. Ein schrecklicher Verdacht war in mir aufgekeimt. Die Katze war an etwas verendet, was eigentlich mir gegolten hatte. Offenbar hatte mir Gerhild etwas in den Drink getan. Wie hatte ich annehmen können, dass sie ihre Textklauerei zugeben würde? Aber leider ließ sich der Anschlag nicht beweisen. Was also war zu tun? Ich beschloss, mich erst mal ganz normal zu verhalten.

Kurz darauf klingelte ich an ihrer Tür. In der Hand hielt ich eine leuchtendrote Geranie, die ein Trauerflor umrahmte. Gerhild ging schweigend ins Wohnzimmer voraus. Während wir uns setzten, stellte ich die Geranie auf den Couchtisch.

„Tut mir furchtbar leid, das mit deinem Kater – mit deinem Attila", sagte ich. „Versteh' ich alles nicht. Und ich dachte immer, Katzen hätten neun Leben. Das arme Tier. Woran ist es denn gestorben?"

Sie blickte düster vor sich hin. „Ich möchte nicht darüber sprechen." Einen Milch-Shake gab es diesmal nicht.

„In Ordnung. Reden wir lieber von deinen beruflichen Dingen. Du hast also deinen Schwindel dem Verlag mitgeteilt. Wie haben die denn reagiert?"

Meine Rivalin sah intensiv an mir vorbei. „Sie meinten, man solle da keine schlafenden Hunde wecken, das Buch würde ohnehin zur nächsten Saison verramscht."

„Tatsächlich? Tja, mit dem Haltbarkeitsdatum von Büchern ist es wie mit Käse. Ich finde, es lohnt sich

eigentlich nicht, überhaupt noch ein Buch zu schreiben. Außerdem: Heute schreibt doch jede Putzfrau ein Buch."
Gerhild sagte nichts.
Ich grinste freundlich. „Ja, manchmal ist alles für die Katz."

Gerhilds Buch stand übrigens weiter Woche für Woche auf der Bestseller-Liste. Man wird verstehen, dass meine Geduld zu Ende ging und ich mein zerlesenes Birte-Heiberg-Exemplar an ihren Lektor schickte. Der Presseskandal blieb zwar aus, aber ‚Frauen brauchen junge Kerle‘ verschwand aus den Regalen. Mit Gerhild Meyer alias Materna grüße ich mich nicht mehr.
Ich schreibe an einem neuen Buch. Inhalt: Eine Krimiautorin versucht mit einem vergifteten Milch-Shake, ihre Rivalin umzubringen. Ich hoffe, dass es diesmal ein Bestseller wird.

EINE SCHÖNE BESCHERUNG
Travemünde

Sie wünscht sich, dass etwas passiert. Irgendetwas. Nur nicht an Heiligabend zu Hause sitzen. Allein, mit zu viel Alkohol, untergehend im Weihnachtsblues. Für eine Fünfzigjährige muss es doch noch Anderes geben. Und so hat sie, gegen einen letzten leisen Widerstand, zum Hörer gegriffen und eine Suite im Wellness-Hotel *A-Rosa* in Travemünde gebucht. Von Hamburg aus bequem zu erreichen.

Sie ist erstaunt über ihre Entschlossenheit. Denn beinahe wäre alles wieder wie üblich abgelaufen. *The same procedure as every year*. Bis zu den immer selben Fragen.

Anruf von Gitta. „Und was machst du an Heiligabend?"

„Nichts."

„Klingt ja trostlos. Komm doch wieder zu uns. Ganz besinnlich zu dritt, ich mach' ein leckeres Menü ..."

„Danke, lieb gemeint. Aber ich möchte für mich sein."

Von wegen besinnlich. Gitta und Gernot hatten sich stundenlang gefetzt, ob an eine Gänsefüllung Pflaumen gehörten, sie, Eva, hatte sich tiefer und tiefer in ihren Stuhl geduckt, als könne sie so unsichtbar werden, und außerdem mochte sie Gans sowieso nicht.

Eine halbe Stunde nach dem Dessert hatte sie sich verabschiedet.

Dann, vorhersehbar wie sonntägliches Glockengeläut, der Anruf von Angela. „Und was machst du an Heiligabend?"

„Nichts."

„Du Arme. Ich finde, einen solchen Tag muss man *gestalten*. Ich gönne mir eine Flasche Champagner, koch mir was Schönes, ich schau den Gottesdienst ..."

„Ja, ja. Dann gestalte mal."

Spätestens nach dem Weihnachtsoratorium würde Angela anrufen und ins Telefon weinen.

Ihr selbst erscheint das Fest mehr und mehr wie eine Hürde und Bürde. Und so sind ihr die Rituale abhandengekommen. Anfangs hat sie noch einen Tannenbaum gekauft, dann ein Plastiktännchen geschmückt, nun bleibt auch dieses im Keller und nur noch ein Adventskranz liegt einsam herum.

Seebad Travemünde. Vom Bahnhof hat sie ein Taxi genommen. Schneereste auf den Wegen, ein betongrauer Winterhimmel. Fast bereut sie ihre Reise. Doch nun, ganz nah zur Ostsee, liegt es vor ihr – das Schmuckstück aus dem Prospekt. Ihr Hotel. In Weiß und in neoklassizistischem Ebenmaß, der Blick kann noch auf Säulen und antiken Details verweilen. Anfang des 19. Jahrhunderts wurde es als *Kurhaus-Hotel* gegründet, hat sie gelesen, später ließ Thomas

Mann seine Romanfamilie *Buddenbrooks* hier ihre Ferien verbringen. Sommerfrische nannte man das damals. Sie mag Hotels mit Geschichte – sofern der Komfortstandard von heute ist. In dem angefügten langgestreckten Neubau wird sie die Wellness-Oase genießen ...

Sie steigt aus. Am Eingang strahlt eine Riesentanne in Pink und Silber auf sie nieder. Ja, so muss es sein. Drinnen schwingen sich gleichfarbige Girlanden durch einen minimalistischen Empfangsraum. Darf Weihnachten so elegant sein? Immerhin verströmt die Rezeptionsdame eine angenehm professionelle Wärme.

Die Suite ist von schnörkelloser Ästhetik. Ein Zweiklang in beerigem Rot und Weiß, Orchideen, die wie Kunstgeschöpfe wirken. Alles stimmt. Wie im Prospekt versprochen. „Umhüllt von Gastfreundschaft". Sie lässt sich auf das Doppelbett fallen. Hier fehlt ein Mann. Sie wünscht sich, dass etwas passiert.

Um 16 Uhr soll es eine Begrüßung mit hausgemachtem Glühwein geben. Im Restaurant *Weinwirtschaft*, damit sich die Gäste kennenlernen. Sie zieht ihr mohnrotes Kostüm an, das ihre Vollweib-Figur geschmackvoll konturiert, und stöckelt nach unten. Das Restaurant ist an den Wänden mit Flaschen möbliert, ein Duft von Zimt und Kardamom liegt in der Luft. Neben einem Kaminfeuer haben sich erste Besucher gruppiert.

Während der Begrüßungsworte der marineblau uniformierten Hoteldame geht ihr Blick auf Streifzug. Drüben zwei Männer mit Fliege, eng beieinander. Freunde? Offenbar mehr als das und für die Damenwelt leider verloren. Ein Ehepaar in Altersbeige umklammert zittrig seine Gläser. Interessanter ein anderes Duo. Weiblich, im selben Alter wie sie. Freundinnen? Schwestern? Sie kennt diese Bündnisse gegen die Einsamkeit: Hauptsache nicht solo. Die eine bemüht sich noch mit einer andekolletierten Bluse, die andere hat sich als Frau wohl schon aufgegeben. Daneben ein schlanker Mittvierziger im graphitgrauen Westenanzug. Nicht übel. Ein Mann, auf den man zwei Mal schaut. Nur passen seine blonden Haare, von keiner Frisur gezähmt, nicht ganz zu diesem Outfit. Irgendwie sieht er verkleidet aus.

Kaum ist die Rede beendet, fängt der Flanellmann mit einer Charme-Attacke die beiden Damen ein, beflirtet sie, als ginge es um sein Leben. Warum nur? Was ist an denen denn so interessant?

Sie entwindet sich gerade einer Langweilerin, als er mit einem suggestiven Lächeln auf sie zukommt.

„Erlauben Sie – Jonas Becker."

„Eva Landmann", antwortet sie automatisch. Dann lächelt sie zurück. Der scheint ja eine Kontaktbombe zu sein.

„Offenbar haben Sie sich gerade prächtig unterhalten. Erwarten Sie jetzt eine Fortsetzung?"

„Ja, ich liebe es, Menschen kennenzulernen."
Er plaudert weiter, sie sieht auf seine Lippen, ihre Worte formen sich wie von selbst. Schaumig leicht wie die seinen. Ist es der Glühwein? Egal. Auf dieses Schwebegefühl möchte sie nicht verzichten. Nach dem zweiten Glas willigt sie ein, das festliche Heiligabend-Essen im Hotel mit ihm gemeinsam einzunehmen.

Sie fährt zu ihrer Suite hinauf. Hinter den Fenstern geht die Dämmerung in Dunkelheit über. Sie nimmt die Stille wahr, in die laut ihr Herzschlag fällt. Hochspannung. Was zieht sie an? Das schwarze Kaschmirkleid mit den Raffungen, wie vorgesehen. Sie legt das schwere goldene Armband an und lacht leise auf. Er könnte ein Hochstapler sein, könnte nur deshalb mit ihr speisen, um sie auszurauben. Sie stellt sich vor den Spiegel. *Don't worry, be fifty*. Sie sieht gut aus, kann sich mit ihm messen. Und natürlich wird sie die Kontrolle behalten.
Ferner Glockenklang läutet den Heiligen Abend ein. Sie legt noch mal die Füße hoch, verpasst ihrem Make-up die letzten Feinheiten. Dann ist es soweit.

Sie betritt das Gourmet-Restaurant *Buddenbrooks*. Perfekte Weihnachtsstimmung, stellt sie fest. Unzählige Kerzen flammen auf weiß betuchten Tischen, Gesichter verschwimmen wie weich gemalt, das Beerenrot der Wände ist nur zu erahnen. *Er* ist schon da – natürlich. Sie hat sich wohldosiert verspätet. Er steht auf und führt sie zu ihrem Platz. Dann sprechen sie über das Menü.

Beim *Artischockenparfait mit Hummer* wagt sie sich vor. „Ist es nicht deprimierend, ausgerechnet an Heiligabend so allein zu sein?"

„Oh, nein. Ich genieße diese Auszeit. Bin selbstständig. Computerbranche." Er macht eine bedeutungsvolle Pause. „Geschieden. Und niemand wartet auf mich."

„Ach, das tut mir aber leid. Da sind wir in derselben Situation."

„Wirklich?" Er umfasst sie mit Blicken. Sie lässt es zu, dass er sie ausfragt. Beim *Rehrücken im Blätterteig an Wacholderschaum mit Rahmrosenkohl* weiß er, dass sie Architektin ist, einen Fabrikantenvater hat und dass sie in einem Penthouse wohnt.

Sie hat einen Köder ausgeworfen, an dem er sich festbeißen wird. Er kann nur ein Hochstapler sein. Man liest es ja immer wieder: *Heiratsschwindler entlarvt.* Dumme Weiber, die ihre Wohnungen überschreiben und Kontovollmacht geben. Sie wird auf so etwas nicht hereinfallen, sondern sich mit Jonas Becker – sollte er so heißen – bestens amüsieren. Vielleicht ist er ja auch ein Spieler. Hat im *Casino Travemünde* gerade einen Glückspilz bestohlen. Oder hat sich ruiniert und versucht nun, eine reiche, erotisch bedürftige Lady aufzutun.

Wie auch immer: Was für ein herrlicher Kick! Beim Dessert – *Feigenküchlein auf Cassis-Spiegel* – ist sie mit ihm per Du. Wie viel Wein hat sie eigentlich schon getrunken? Sie schwebt auf Wellen des Leichtsinns dahin. Er scheint genauso benebelt zu sein, sie spürt seine Fingerspitzen bis unter ihr Kleid hindurch.

Noch immer spielt die Weihnachtsmusik. Es klingt nach Klassik, sie kennt sich da nicht so aus. Mit *Jingle bells* und *White Christmas* wird man hier verschont. Und wie aufmerksam: Neben jedem Gedeck liegt ein Präsent des Hotels.

„Zeit für die Bescherung", lächelt sie und löst das Sternchenpapier. Zum Vorschein kommt ein Badeset der hauseigenen Pflegeserie *Infinita*.

„Die können wir morgen im Spa ausprobieren." Er blickt sie herausfordernd an.

Sie denkt an ihre blau geäderten Beine, doch sie nickt. „Das war's dann mit Geschenken. Schade."

„Warum so materiell denken? Heute ist das Fest der Liebe. Da kann man sich auch selbst verschenken." Langsam streicht er über ihre Hand.

„Ist das nicht ein wenig blasphemisch?"

„Gehen wir", sagt er rau, und sie folgt ihm.

Im Foyer liegen Zeitungen aus, es springt ihr eine Schlagzeile entgegen: *Frauenmörder gesucht. Entsetzen unter Ostsee-Touristen.*

Mörder, wiederholt sie, und ihr wird plötzlich kalt. Von der Seite betrachtet sie ihren Begleiter. Jungenhaft lässig sieht er aus. Nur dieser Edelzwirn ... als würde man TV-Kommissar Schimanski in einen Anzug stecken. Alles ist jetzt zu spät. Jonas Becker hat sie bereits in seine Suite geschoben.

Er schenkt Champagner ein, sie stoßen miteinander an. Schon der erste Kuss auf ihren Hals lässt ihre Bedenken zerschmelzen. Sie ziehen sich gegenseitig aus, schneller und schneller, die Hitze ihrer Wünsche überfällt sie. Eben noch die Kälte der Angst, was hat sie nur glauben können, und nun ... sie lacht sich innerlich aus. Das Spiel seiner Hände zeugt von Erfahrung, das Wort „routiniert" scheint in ihr auf, doch sie klickt es gleich wieder weg. Sie will nicht wissen, wer er ist. Sie wird begehrt, und das ist genug. Lange hat sie sich nicht mehr so sehr als Frau gefühlt wie in dieser Umarmung, in der sie sich verliert und schließlich vergisst.

Erst als sie von ihm abrückt, wird ihr bewusst, dass sie nackt ist. Wem hat sie sich da preisgegeben? Nein, nur nicht darüber nachdenken. Das schöne Erlebnis mit Schweigen bewahren. Sie beginnt, sich anzukleiden.

Sie sieht ihn am Bettpolster lehnen, wirft einen letzten Blick auf seinen muskulösen Körper, registriert die entspannte Gleichgültigkeit, mit der er eine Zigarette raucht.

„Danke", sagt er und grinst sie an.

„Wofür?"

„Du warst gut." Er beugt sich zum Nachttisch, macht die Schublade auf und hält ihr einen Hundert-Euro-Schein entgegen.

„Was soll das?" Sie starrt auf das Geld, dann auf ihn.

„Wofür hältst du mich? Bin ich vielleicht eine Nutte?"

„Aber nein." Er schaut sie an, von oben bis unten. „Du bist keine Nutte. Du bist nur eine einsame alte Frau."

„Ich bin – " Die Röte überzieht sie wie eine zweite Haut.

Er bläst in aller Ruhe den Rauch aus. „Hast du denn nicht gemerkt, dass ich dich die ganze Zeit interviewt habe? Ich bin Reporter."

„Reporter?"

„Ja, Journalist. Wir machen einen Bericht mit dem Titel *Die Einsamkeit der 50-plus-Frauen*. Weibliche Singles im Spätherbst des Lebens. Was sie fühlen, mit wem sie noch *dates* haben, wie sie ihren Sex leben."

„Du hast mich benutzt."

„Benutzen wir uns nicht alle? Nun nimm schon das Honorar, du hast es dir verdient." Er springt auf, legt den Hunderter neben ihr Abendtäschchen und umgreift ihre Hüften. „Wie wär's mit einer kleinen Zugabe?"

Sie merkt, wie alle Scham von ihr abfällt und sie plötzlich vereist. „Moment." Sie geht ins Bad, kehrt zurück mit seinem Aftershave und sprüht es ihm direkt in die Augen.

Er schreit auf. „Ich kann nichts mehr sehen. Ich bin blind. Mein Gott, ich bin blind." Mit einer Hand über den Lidern, taumelt er hin und her. „Wo ist das Bad? Wasser, ich brauche Wasser."

„Hier ist das Bad." Sie dreht ihn herum, öffnet die Glastür und stößt den Nackten auf den schneekalten Balkon hinaus. Sie verriegelt die Tür. Niemand ist auf dem Etagenflur, als sie in ihre Suite eilt.

Am nächsten Morgen, beim *Vital Frühstück* im *Wintergartenrestaurant*, schließt sie sich den beiden 50-plus-Damen an.

„Haben Sie das schon mitbekommen?", fragt die eine. „Der Herr Becker ist mit Erfrierungen im Krankenhaus gelandet."

„Dazu wahrscheinlich noch eine Lungenentzündung", ergänzt die andere. „Soll sich selbst ausgeschlossen haben auf seinem Balkon. Keiner kann sich erklären, wie es dazu kommen konnte."

„Ja, irgendwie rätselhaft", sagt die erste. „Aber der war sowieso nicht ganz echt. Wollte alles über unser Single-Leben wissen."

„Ein aufdringlicher Mensch." Eva kann den Damen nur zustimmen. „Sicher mal wieder der Alkohol.

Männer und Alkohol. Und das an Weihnachten. Eine
schöne Bescherung.“

ÜBER DIE AUTORIN

Foto: imago

Monika Buttler ist Magistra der Literaturwissenschaft, Germanistik und Philosophie und war viele Jahre lang als Wohnredakteurin tätig. Sie publizierte sieben Kriminalromane: „Herzraub", „Abendfrieden", „Dunkelzeit", „Bei Lesung Mord", „Mord unter dem Halbmond", „Der Tod kam in Blau", „Die Schwarze Witwe von Wien".
Dazu über 40 Kurzkrimis, ein Hörspiel und belletristische Prosa. Herausgeberin von Anthologien.
Zuletzt erschien ihr Memoir „Ich liebe einen Orientalen. Mein Leben zwischen zwei Kulturen". Die Autorin lebt in Hamburg.

www.monikabuttler.de